나는 한국어 교사입니다

나는 한국어 교사입니다

초 판 1 쇄 발 행   2016년 7월 20일
개정증보판발행   2019년 11월 15일

지 은 이   구은희
책임편집   정두철
디 자 인   양혜진

제작지원   토픽코리아(TOPIK KOREA)

펴 낸 곳   (주)도서출판 참
펴 낸 이   오세형
등 록 일   2014.10.20. 제319-2014-52호
주   소   서울시 동작구 사당로 188
전   화   02-6294-5742
팩   스   02-595-5749
블 로 그   blog.naver.com/cham_books
이 메 일   cham_books@naver.com

I S B N   979-11-88572-16-8   03810

미국에서 펼쳐지는
Dr. 구의
한국어 교실이야기

나는
한국어
교사입니다

구은희 지음

책장 너머 엿볼 수 있는
한국어 교실 이야기

　한국어 교사로서 살아온 나날들이 햇수로 27년이 되었다. 뉴욕의 한 교회에서 인연을 맺은 한국어 교사로서의 삶은 지난 27년 동안 나와는 떼려야 뗄 수 없는 미국 이민 생활의 목표이자 이유였다. 그동안 다양한 종류의 학생들과 환경에서 한국어를 가르쳐 왔다.

　필자가 한국어 교육을 위해 설립한 '어드로이트 칼리지'가 개교 10주년을 맞은 2016년에『나는 한국어 교사입니다』가 처음 세상에 나왔는데 3년 동안 꾸준한 독자들의 사랑으로 이렇게 개정증보판을 출간할 수 있게 된 것이 더욱 의미가 깊다. '한국어 교실 이야기' 시리즈의 첫 번째 책인『한국어 사세요~!』가 출간된 것이 2006년이었고 그 이후로 더 자주 나누겠노라고 약속을 했지만 6년이 지나서야 두 번째 이야기『실리콘밸리 한국어 선생님』을 내놓을 수 있었다. 그렇지만 그 책은 전자책으로만 출간되어 더 많은 사람들에게 다가가지 못해서 안타까웠다. 그러던 차에 도서출판 참의 배려로 내용을 좀 더 보강하고 다듬어서 2016년에 종이책으로 다시 출간할 수 있었다.

이 책을 출간하면서 작은 바람이 있다면 이 한 권의 책이 한국어 교실을 엿볼 수 있는 창문의 역할을 하며 더 많은 한국어 교사들이 직접 현장을 맛볼 수 있는 계기가 되는 것이다.

이 책이 세상에 나올 수 있도록 정성스럽게 만들어 주신 도서출판 참의 오세형 대표님과 편집팀에 진심으로 감사의 말씀을 전한다.

앞으로 더욱 자주 한국어 교실 이야기를 보여주겠노라고 약속하며 이 『나는 한국어 교사입니다』가 한국어 교사가 되고자 하는 지망생들이나 신입교사들에게 한 번쯤은 꼭 읽어봐야 하는 참고서가 되길 소원한다.

미국 실리콘밸리 한국어 교실에서 저자 **구은희**

2부 | 실리콘밸리 한국어 교실 이야기

4부 | 한국어 홍보대사

1부

미국 속 한류 이야기

66

일주일에 한 번 호기심 어린 얼굴로

한국어 수업을 찾는 학생들의 모습에서

'한국어 세계화'의

가능성을 엿보게 된다

99

한국 이름을 가진
비 한국인들

"저는 소녀시대 유리를 좋아해요. 저는 제 한국 이름을 '유리'로 하고 싶어요."

"제 여자 친구가 비를 좋아하니까 저는 정지훈이라는 이름을 쓰고 싶어요".

"저는 드라마 '응답하라 1988'에서 혜리 팬이 됐어요. 저는 혜리라는 이름을 쓰고 싶어요."

매 학기 새로운 학생들에게는 한국 학생이 아니더라도 한국 이름을 지어주곤 하는데, 그때마다 선호하는 이름이 있는지 좋아하는 한국 연예인 이름이 있는지를 물어보곤 한다.

보통 그런 이름이 없다고 할 때에는 학생들의 영어 이름의 자음을 따서 한국적으로 만들곤 한다. 수업 시간에는 항상 그 이름을 사용하고 숙제나 시험지에도 자신의 영어 이름과 함께 적도록 하곤 한다.

그렇게 첫 시간에 한국 이름을 지어주면 학생들의 신기해 하는 모습을 볼 수 있다. 또한, 학기말에 수료증을 받을 때에도 난생 처음 가져본 한국 이름이 쓰여진 수료장을 보면서 상당히 뿌듯해 하기도 한다.

한국어를 배우는 목적은 여러 가지가 있지만 그 중 가장 많은 부분을 차지하는 것들이 바로 친구나 배우자가 한국인인 것과 한국 드라마나 한국 가요를 좋아해서 그 내용들을 한국어로 이해하고 싶다는 이유이다. 요즘 청소년들도 알기 힘든 '들국화'의 '행진'을 읊조리면서 가수 전인권 씨의 곱슬머리까지 설명하는 태진아 씨가 바로 여기에 속하는 사람이다.

태진아 씨는 한국 가요들을 좋아하여 최신식 노래방 기계까지 집에 갖춰놓고 시간이 날 때마다 한국 노래를 부르는 덩치 큰 미국 아저씨다. 매 학기 말에는 한국 식당에 가서 함께 식사를 하고 그 후에는 노래방에 가곤 하는데, 이번 학기말에는 순신 씨가 자기 집에 초대를 하여 노래방에 가지 않고도 한국 노래들을 맘껏 부를 수 있을 것 같다.

한국에서 온 유학생 친구들이 많은 에릭 씨는 이순신 장군의 이름을 따서 '순신'이라는 이름을 원한다고 했다. 순신 씨는 정식으로 한국어를 배워본 적이 없지만 많은 한국 유학생들과 어울리면서 '닭모래집'이나 '번데기탕' 등 걸쭉한 안주 이름까지 다른 학생들에게 소개해 주는 백인 학생이다.

순신 씨의 이야기를 듣다 보면 이 사람이 한국에서 한 10년은 살다 온 사람 같다는 느낌을 받게 되는데 놀랍게도 순신 씨는 한 번도 한국에 가 본 적이 없는 학생이다.

김경태 씨는 부인의 성씨인 '김'을 따고 영어 이름에서 자음을 따서 김경태라는 이름을 갖게 되었다. 나의 산문집 1편에도 등장했던 유대봉 씨 역시 부인의 성씨인 '유'에 밥 두와트Bob Dewart에서 각각 자음을 따서 '대봉'이라는 이름을 지은 것인데 보는 사람들마다 유대봉 씨의 듬직함과 아주 잘 어울린다는 말들을 하곤 한다.

이렇게 한국 사람도 아닌 사람들한테 한국 이름을 붙여주는 이유는 몇 가지가 있는데, 그 중에 가장 중요한 것은 한국 문장 안에 영어 이름을 넣으면 어색하고 학생들도 힘들어 하기 때문이다. 예를 들어서 학생들이 가장 우스워하는 이름이 있는데 한 국어 책에 표기된 '마크Mark나 스티브Steve'가 그 예이다.

다른 한국 단어들은 잘 읽다가도 '마크'나 '스티브' 등의 한국 어로 쓰여진 미국 이름 앞에서는 한창 고민을 하다가 발음을 하 고, 그것이 바로 미국 이름들을 가리키는 말임을 알아채고는 한 바탕 웃곤 한다.

또 한 가지 한국 이름을 붙여주는 이유는 바로 주변에 있는 한국 가족들이나 친구들과 더욱 친밀감을 가질 수 있기 때문이 다. 또한 한국어를 배우면서 한국 이름을 갖게 됨으로 한국어 공부에 더욱 의미를 부여할 수 있게 되기 때문이다.

한 가지 재미있는 일은 학생들의 한국 이름은 잘 기억하는데 정작 그들의 미국 이름은 잊어버리는 경우가 있어서 학생들이 전화로 자신의 미국 이름을 대면 누구인지 바로 알아채지 못 하 는 경우가 있다는 사실이다.

이번 학기에도 한국을 알고 싶어 하고 한국어를 좋아하는 비 한국인이지만 한국 이름을 가진 고마운 학생들이 본교를 찾았 다. 그들의 한국 이름이 그들에게 한국을 더욱 가깝게 느끼도록 해 주리라고 믿어 본다.

한국 드라마를 자막 없이
보고 싶어요

"저는 빅뱅 때문에 한국 음악에 관심을 갖기 시작했어요."

"저는 6월에 산호세에 오는 에릭남을 만날 때 한국어로 말하고 싶어서 한국어를 배우려고 해요."

"저는 이번 5월에 할리우드 볼에서 열리는 K-Pop 페스티벌에 가려고 티켓을 예매하기까지 했어요."

"한국 드라마를 자막 없이 보는 게 소원이라서 한국어를 배우고 싶어요."

지난주 개강한 봄 학기에 새로 등록한 베트남계 미국 학생 이가영 씨와 미국 학생 신니모 씨의 대화 내용이다. 수업 시간보다 일찍 도착한 두 사람은 서로 인사를 하고 나서 바로 한국 드라마와 한류 스타들에 대해서 이야기를 나누기 시작했다.

백정빈 씨는 5월 로스앤젤레스에서 열리는 K-Pop 페스티벌에 출연할 예정인 아이콘, 레드벨벳, 마마무, 트와이스 등 그룹의 이름들을 줄줄이 꿰고 있었다.

지난 학기 학생 중에 가나 학생 성아름 씨가 한국 드라마 붐을 일으켜 한국 드라마에 문외한이던 미국 학생 유현민 씨도 열렬한 팬이 되어 한국 드라마를 보는 재미에 푹 빠져 있다.

아름 씨는 가나인 남편한테 본인의 생일 선물로 로스엔젤레스에서 개최되는 방탄소년단 콘서트 티켓을 요구했다고 한다. 아름 씨도 정빈 씨도 5월에 열리는 한국 축제에 참석할 예정이라고 했다. 본교가 있는 실리콘밸리에서 로스앤젤레스까지는 자동차로 5~6시간은 족히 걸리는 거리임을 생각하면 이들의 한류 스타들에 대한 열성은 가히 남다르다고 할 수 있다.

미국, 한국, 중국, 필리핀, 베트남, 멕시코, 일본, 터키… 이 나라들은 이번 학기 새로 본교의 한국어 수업을 찾은 학생들의 모국이다.

그들은 직업도 나라도 나이도 성별도 모두 다르지만 '한국어'라는 공통점을 가지고 모인 사람들이다. 그리고 난생처음 한국 이름도 얻게 되었고 한국어를 배우기 시작한 사람들이다. 오대수, 유현민, 구예지, 진선미, 강유리….

한국어를 배우는 사람들 중에는 배우자나 애인, 또는 친한 친구가 한국인이어서 한국어를 배우려는 학생들과 비즈니스 관계로 한국어를 배우려는 학생들, 한국 드라마나 음악을 좋아해서 한국어와 한국 문화에 관심을 두게 된 학생들로 크게 나눌 수 있다.

그런데 첫 번째 이유는 꾸준하고, 두 번째 이유는 그리 높은 비율을 차지하지는 못하고, 세 번째 이유가 점점 더 많은 학생들로 하여금 한국어와 한국 문화에 대해서 관심을 갖게 하고 있다.

언제나 본교의 한국어 수업에 참석하는 학생들이 가장 먼저 나누는 이야기는 '이번 주에 어떤 한국 드라마를 봤고, 그 스토리가 어떻게 전개됐고, 어떤 드라마가 재미있고, 거기 나오는 주인공은 어떠했고' 등에 관한 것이다. 한국 드라마를 잘 보지 못하는 학생들은 대화에 참석하지 못하는 해프닝까지 벌어지기도 한다.

지금은 '안녕하세요? 안녕히 계세요. 안녕히 가세요.'밖에 말하지 못하고 모음만 겨우 읽는 학생들이지만 10주 후에는 자기소개를 지인들 앞에서 한국어로 할 수 있고, 저널도 한국어로 쓸 수 있게 될 것이다.

일주일에 한 번 호기심 어린 얼굴로 한국어 수업을 찾는 학생들의 모습에서 '한국어 세계화'의 가능성을 엿보게 된다.

한국 드라마와 한국 가요로
스트레스 풀어요

"선생님! '스트레스'는 한국어로 뭐라고 해요?"

"그냥 '스트레스'라고 해요. '스.트.레.스.'"

<도전 1000곡>도 시청할 정도로 한국 노래를 좋아하고 노래 가사에 나온 단어들의 뜻을 물어보곤 하는 태진아 씨가 뜬금없이 '스트레스'가 한국어로 뭐냐고 묻는다. 나도 순간 당황했다.

'스트레스'가 한국어로 뭐지? 한 번도 생각해 본 적 없는 질문이어서 궁금해지기도 했다. '스트레스'가 '억압'이나 '압박' 등의 말로 해석될 수 있겠지만, 우리가 '아, 스트레스 받는다!' 혹은 '스트레스 쌓인다.'라고 할 때 대체할 수 있는 말은 아니다.

'카메라, 텔레비전, 라디오, 컴퓨터'와 같은 눈에 보이는 외래어 이름의 제품 외에도, '미팅, 스터디, 그룹' 등 추상적인 외래어들이 나올 때에도 한국어 반의 학생들은 폭소를 터뜨린다. 이상하게 생긴 글자를 열심히 읽다보면 바로 영어에서 온 단어들임을 알 수 있게 되기 때문이다. 강태풍 씨는 이러한 단어들이 나오면 '훔쳐온 말stolen word'이라고 혼자 웃곤 한다.

"스트레스가 쌓이면 여러분은 어떻게 스트레스를 푸세요?"

"저는 한국 노래를 들어요. 그리고 한국 노래를 불러요."

"한국 노래요? 어떤 노래를 주로 불러요?"

"수염 많은 가수 '전인권' 알아요?"

"네? 전인권도 알아요?"

"전인권의 '행진' 노래 아주 좋아요."

" '행진'이요? 그거 아주 오래된 노래인데요."

"도전 1000곡에서 들었어요. '행~진, 행~진'"

한국 노래를 좋아하는 태진아 씨는 가수 '비'나 '보아' 외에 외국에는 많이 알려져 있지 않은 오래된 가수나 노래에까지 관심이 있는 모양이다. 하긴, <도전 1000곡>이라는 프로를 볼 정도라면 태진아 씨의 한국 음악 사랑이 어느 정도인지 알 만하다.

"스트레스가 쌓이면 방문 잠그고 CD 크게 틀고 '행진' 노래를 크게 불러요. 그렇게 부르고 나면 언제 그랬냐는 듯이 스트레스가 다 풀려요."

"태진아 씨는 한국 사람들보다 한국 가요를 더 많이 아는 것 같아요."

태진아 씨가 한국어에 대한 관심이 생긴 것은 바로 한국 가요 때문이었다. 수업 시간에도 가끔 가요에 나오는 단어들의 뜻을 물어보곤 하는데, 놀랍게도 그런 노래들이 한국 사람들도 잘 모르는 노래들이라서 나를 더욱 놀라게 하였다.

"저는 한국 드라마 보면 스트레스 풀려요. '박보검' 보면 기분이 좋아져요."

"정말 지연 씨는 박보검 씨의 팬이에요."

"박보검 나오는 드라마 보면서 실컷 웃고 울고 나면 스트레스가 다 풀려요."

지연 씨는 이번 학기 처음으로 한국어를 배우게 된 레바논 학생이다. 지금까지 한국 드라마나 한국 배우들을 좋아했던 사람들은 대부분 동양계 미국 학생들이었는데, 지연 씨의 경우에는 한국과는 전혀 관계가 없어 보이는 레바논 계 미국 사람인데도 한국 드라마를 섭렵한 보기 드문 경우다.

한류 드라마로 한 때 유명했던 <커피프린스>나 <별에서 온 그대> 등은 물론이고 <응답하라> 시리즈도 한 편도 빼지 않고 시청하는 한국 드라마 마니아이다.

지연 씨는 한국 드라마를 볼 때 한 장면도 놓치기 싫어서 정지화면으로 놓았다가 다시 보기도 하면서 한 장면 한 장면을 음미한다고 한다. 스트레스가 쌓일 때마다 한국 드라마를 보고 한국 가요를 듣고 부른다는 태진아 씨나 권지연 씨야말로 미국 속의 한류의 싹이 점점 그 세력을 넓혀가는 증거라고 할 수 있을 것이다.

트와이스, 김수현, 워너원, 박신혜
이들의 공통점은?

"지난주에 LA 잘 다녀왔어요?"

"네. 아주 좋았어요. 그런데 이번 주에 또 가요."

"네? 또 가요?"

"네. 지난주에는 LA 폭동을 기념해서 열린 비보이즈 대회에 자원봉사자로 갔었고요. 이번 주에는 헐리웃볼에서 열리는 코리안 페스티발에 가요."

"아, 그래요? 누구누구 와요?"

"트와이스, 워너원, 위너, 여자친구…"

강수진씨는 한국 음악을 좋아하는 미국에 사는 한국인이 아닌 사람들을 위한 사이트 khype.com의 회원으로 지난주에 열리는 비보이즈 대회에 자원봉사하러 장장 6시간에 걸친 운전도 마다하지 않고 LA를 다녀온 필리핀 학생이다.

그렇게 온 지도 얼마 안 된 사람이 이번 주에 다시 운전하고 LA를 간다고 하니 조금은 걱정도 되었지만 그 열정에 탄복할 수밖에 없었다. 말이 6시간이지 시속 80~90마일로 달려야 겨우 6시간 내에 도착할 수 있는 거리를 일주일도 안 되어서 다시 간다니 참 대단하다는 생각이 들었다.

"아이유도 와요."

브라질 학생 강만석씨도 거든다. 강만석씨는 지난주 본교에서 거행한 '한국영화의 밤'에서 필리핀 학생 김정미 씨를 만나서 할리우드볼에 관한 이야기를 듣고, 거기에 가수 아이유가 온다는 소식에 갑작스럽게 참석하기로 결정한 것이다.

"참, 에릭남하고 갓세븐 팻말 만들었어요."

수진씨가 자신이 직접 만든 팻말을 보여준다. 거기에는 'eru', 'FTTS Fly to the Sky의 약자'라고 쓰여 있었다.

"기왕이면 한글로 쓰지 그랬어요?"

"제 컴퓨터에서 한글이 안 되어서 그랬어요."

실리콘밸리에 있는 본교 학생 중에서 이번에 LA 할리우드볼에서 개최되는 코리안 페스티벌에 참가하는 학생은 강수진 씨, 강만석 씨, 김정미 씨 이렇게 세 명이다. 김정미 씨와 강수진 씨는 필리핀 사람이고, 강만석 씨는 브라질 사람이다. 사실, 한국어와 한국 음악이 아니었으면 같이 만날 일도 별로 없을 그런 다른 사람들이다.

하지만, 이들이 한국 음악에 대해서 이야기할 때에는 누구보다도 친한 사람들이다. 그들은 서로 자기가 좋아하는 가수들의 이야기를 하면서 이야기꽃을 피우곤 한다.

오늘 수업에서는 '~을/를 좋아해요'를 배웠다. 각자 좋아하는

것을 넣어서 문장을 만들어 보게 하였는데, 보통은 한국 음식 이름이 많이 나오는데 이 반의 경우에는 에릭남, 아이유, 갓세븐이 등장했다.

"저는 에릭남을 좋아해요." 필리핀 학생 강수진 씨가 말했다.
"저는 전지현을 좋아해요." 중국 아저씨 왕중화 씨가 말했다.
"저는 아이유를 좋아해요." 브라질 학생 강만석 씨가 말했다.
"저는 박보검을 좋아해요." 유일한 한인 2세 S 씨가 말했다.
"저는 트와이스를 좋아해요." 베트남 학생 태경도 씨가 말했다.

받침이 있으면 '을'을 붙이고, 받침이 없으면 '를'을 붙인다는 재미없는 설명보다는 이렇게 이름에 '을/를'을 붙이면서 저절로 규칙을 발견할 수 있었다.

이들을 잘 모르는 다른 학생들을 위해서 인터넷으로 함께 사진을 찾아 보았고, 자기가 좋아하는 연예인의 얼굴이 스크린에 떴을 때는 환호성을 지르기도 했다.

이번 주 금요일이면 만석 씨, 수진 씨, 그리고 정미 씨가 한국 음악 축제에 참가할 것이다. 자신들이 좋아하는 연예인을 만난다는 기쁨에 들떠서 흥분된 그들의 모습에서 미국에서 일어나고 있는 작지만 소중한 한류의 꽃봉오리를 볼 수 있었다.

"질문 있어요?"라고 언제나처럼 수업이 끝난 후에 물었을 때 정미씨가 손을 들고 질문했다.

"사진 찍고 싶을 때 어떻게 이야기해요?"

"사진 같이 찍어요 라고 하면 돼요."

수진 씨와 만석 씨, 정미 씨는 이번 코리안 페스티벌에서 사진도 많이 찍고 많은 이야기도 담아 와서 함께 가지 못한 다른 학생들에게 들려줄 특명을 띤 특파원으로 파견되었다.

할리우드볼에 울려퍼진
'대~한민국!'

미국 로스앤젤레스의 할리우드볼에서 개최된 한국 음악 축제에는 2만 명의 한국 음악 애호가들이 모여서 5월의 밤에 울려퍼지는 한국 음악을 만끽했다고 한다.

이 행사는 본래는 한인 교포들을 위한 축제로 기획되어 명칭도 '한인 축제'였는데 비한국계 한국 음악 애호가들도 함께하는 자리로 발전해 '한국 음악 축제'로 바뀐 것이다. 연중행사로 거행되는 가장 큰 미국 내 한인들의 축제의 한마당인 한국 음악 축제에는 한국의 정상급 성악가들을 비롯해서 나이 드신 분들을 위해 태진아 씨, 송대관 씨, 양희은 씨 등 연륜 있는 가수들과 젊은 층의 인기를 한 몸에 받고 있는 위너, 레드벨벳, 아이콘 등 아이돌 그룹들이 총출동했다.

어드로이트 칼리지 특파원 강수진, 김정미, 강만석 씨.

이번에 어드로이트 칼리지에서도 필리핀 학생 강수진 씨와 김정미 씨, 브라질 학생 강만석 씨가 이 행사에 참석하기 위해서 장장 여섯 시간의 운전도 마다하지 않고 LA로 향했다. 그중에서도 김정미 씨는 비싼 항공권을 구입하고, 가서는 렌트카를 빌리고, 호텔에 묵으면서 입장권 중에서도 가장 비싼 좌석을 예매했다고 했다.

강수진 씨는 이번 행사의 출연자들과 함께 지내기 위해서 그들이 묵는 호텔에서 지냈고, 대부분의 출연자의 사인을 받았다고 자랑했다. 위너의 '리얼리 리얼리'라는 노래가 매우 좋다는 강수진 씨는 위너의 송민호의 사인이 담긴 CD를 자랑스럽게 다른 학생들에게 보여 주면서 행복한 표정을 지었다.

"송민호 씨는 다른 사람한테는 사인을 잘 안 해줬는데, 제가 CD를 갖고 있어서 여기에 사인을 해 줬어요."

"저는 트와이스랑 아이유도 봤어요."

"같이 찍은 사진은 없어요?"

"사진은 같이 못 찍게 했어요. 그래도 공연하는 것은 다 찍었어요."

LA에 가기 전에 '사진을 찍어도 돼요?'라는 말을 배워갔기에 그 말을 썼는지 궁금해서 물어보았다.

"사진은 같이 찍을 수가 없었지만, 그래도 여기에서 배운 말들은 다 해봤어요. 그런데 저는 한국말로 하고 가수들은 영어로 대답했어요. 그래도 제가 "반갑습니다."라고 하니까 한국어 잘한다고 칭찬해 줬어요."

"저는 콜로라도에서 10시간이 넘게 버스를 타고 온 사람과 친구가 되었어요. 그런데 우리는 아무것도 아니었어요. 영국에서 온 사람들도 있었고 뉴욕이나 플로리다에서 온 사람들도 있었어요. 우리가 앉은 좌석 주변에는 대부분 한국 사람들이 아닌 사람들이 앉아 있었어요."

"우리 아마도 LA 텔레비전에 나왔을 거예요. 신문에도 나오고요. 인터뷰했거든요. 거기에서 한국어도 좀 했어요."라고 초급 2반 학생 김정미 씨가 말했다. 그러고 나서 내가 묻지도 않았는데 모두 이구동성으로 "내년에도 또 갈 거예요!"라고 한다.

그러자 옆에서 그들의 사진을 보던 백인 학생 노아라 씨도 "내년에는 저도 가고 싶어요."라고 거들었다.

한국 음악을 사랑하는 비 한국계 미국인들을 위한 웹사이트가 있는데, 미국에서 한국 음악을 좋아하는 사람들이 모여서 활동하는 khype.com이나 soompi.com 등이 대표적이다. 강수진 씨도 khype.com에서 열성적으로 활동하는 사람 중 하나이다.

이 사이트의 회원들은 미국에서 개최되는 각종 한국 가수 콘서트에 단체로 참석해 열성적으로 자신이 좋아하는 가수들을 응원하면서 미국 속의 한류를 주도해 나가고 있다.

이런 사이트에는 새로운 앨범 소개는 물론이고 매주, 매달 자신들만의 한국 가요 순위를 발표하고 또 한국 가수들의 미국 콘서트에 대해서도 소개하고 있다.

한국 음반업계가 인터넷 불법 다운로드로 인해 불황을 겪고 있다고 하는데, 미국에서 한국 가요를 좋아하는 사람들은 한국에서보다 훨씬 비싼 가격을 지불하고서라도 CD나 DVD를 구입하고 있다. 미국 속의 한류를 통해 한국 음반 시장의 불황을 타계하는 방법도 생각해 봄직하다.

미국 속의 한류를 만들어 준 한국 가수분들, 탤런트분들이 고맙다. 한국을 좋아하고 한국 노래와 가수들을 좋아하며 한국 드라마와 영화를 DVD로 모두 소장하고 있는 이 사람들이 고맙다. 또한, 이들로 하여금 한국을 좋아하게 하고 한국어를 배우고 싶어하게 해 준 '사랑을 했다'의 '위너'가 고맙고, '별에서 온 그대'의 전지현 씨가 고맙고, '도깨비'의 공유 씨가 고맙다.

일전에 필자가 '미국에 부는 한류 열풍'이라는 제목으로 글을 썼을 때에, 미국에 사는 어떤 분이 '미국 사람들은 한국에 대해서 관심도 없고, 미국에 한류는 존재하지 않는다.'라는 내용의 댓글을 쓰신 것을 보았다. 그분께 이 할리우드볼에 울려퍼지는 '대~한민국'의 함성을 들어보시라고 권하고 싶다. 이제 자신 있게 '미국 속에 한류는 있습니다.'라고 말하고 싶다.

아들 잃은 슬픔을
한국 드라마로 달래다

"<풀하우스> 봤어요?"

"네, 봤어요."

"그럼, <김삼순> 봤어요?"

"아니요, 못 봤어요."

"그럼, 이거 보세요. 아주 재미있어요."

"네, 고마워요. 다음 주에 돌려줄 게요."

매주 수요일이 되면 본교의 기초 2반 교실은 한국 드라마 DVD를 주고받는 모습을 보게 되는데 그 모습이 꼭 비디오 가게에 온 것이 아닌가 하는 착각이 들게 한다. 그렇게 한국 DVD를 돌려가면서 볼 수 있게 된 데에는 필리핀 아주머니 오지원 씨의 역할이 컸다.

오지원 씨는 본교를 찾는 다른 학생들과는 조금 다른 특이한 이유로 한국어를 배우는 학생이다. 오지원 씨가 처음 본교를 찾은 것은 지난 학기였는데 오래 전에 한국에 근무한 적이 있는 필리핀 남편과 함께 등록을 하겠다고 본교를 찾았다.

그때까지 지원 씨는 그저 한국 드라마가 좋아서 한국 드라마를 많이 보다 보니 한국어에 대한 관심이 생긴 평범한 필리핀 아주머니로 보였다. 또한, 지원 씨는 나중에 필리핀으로 영어를 공부하러 오는 한국 학생들을 위한 영어 학원을 필리핀에 개설하고 싶다는 이야기도 했다.

지난 학기 수업 시작한 지 2주째 되는 날에 오지원 씨는 자신이 왜 한국 드라마를 좋아하게 되었고, 또 왜 한국어에 대해서 관심을 갖게 되었는지 진짜 이유를 말해 주었다. 오지원 씨는 사고로 아들을 잃게 되었는데 그때 정말 아무것도 할 수 없었다고 한다. 자식을 먼저 보낸 어머니의 마음이 어땠을지는 짐작할 수 있을 것이다. 오지원 씨는 우울증에 빠져서 죽음까지 생각할 정도로 심각한 지경이었다고 했다.

그러던 중에 우연히 친구를 통해서 한국 드라마를 접하게 되었는데 가장 먼저 보게 된 드라마가 바로 <비밀>이라는 드라마였다. 2005년에 방영했던 드라마인데 사실 그리 유명하지 않아서 많이 모르는 드라마였다. 어찌됐건 그 드라마를 보게 되면서 한국 드라마를 하나씩 섭렵해 가게 되어 이제는 거의 안 본 드라마가 없을 정도로 한국 드라마를 꿰고 있는 것이다.

오지원 씨 외에도 이상하게 초급 2반에는 한국 드라마에 몰입해 있는 학생들이 모여 있는데 그래서인지 그 반 수업에서는 유난히 한국 드라마 이야기를 많이 하게 된다.

사계절인 봄, 여름, 가을, 겨울에 대한 이야기를 하면서도 <봄의 왈츠>, <여름향기>, <가을동화>, <겨울연가>를 이야기할 수 있었고, 그 네 드라마를 다 본 오지원씨의 도움으로 그 드라마의 줄거리까지 들을 수 있었던 것도 사실이다.

이전 학생들은 대부분 <겨울연가>나 <풀하우스> 정도는 알아도 그 외에 그리 유명하지 않은 드라마는 잘 몰랐었는데 이제는 새로 나오는 드라마가 뭐고 거기에 누가 나오고, 거기에 나오는 배우가 누구랑 사귀고 등등의 자세한 내용까지 알고 있으니 이제는 더욱 열심히 한국 드라마를 봐야겠다는 생각을 해보게 된다.

또한, 그렇게 큰 슬픔을 한국 드라마를 보면서 이겨낸 오지원 씨와 같은 사람들을 위해서, 그리고 한국 드라마를 통해서 한국을 보고 한국어에 대한 관심을 갖게 되는 사람들을 생각해서라도 좀 더 멋진 한국 드라마들을 제작해 주었으면 하는 바람이다.

일요일 저녁이면 온 가족이
'런닝맨' 보는 가나 가족

"이번 주 일요일 저녁에 같이 모여서 저녁 먹고 연습할까요?"

"선생님! 미안해요. 일요일 저녁은 우리 가족들이 다같이 모여서 저녁 먹고 <런닝맨> 보는 시간이에요."

"<런닝맨>이요? 한국 프로그램 <런닝맨>이요?"

"네, 맞아요. 어머니가 우리 집에 와서 가족들하고 함께 <런닝맨> 보는 시간이에요."

공연을 앞두고 연습 시간을 조정하던 시간에 성아름 씨는 매주 일요일 저녁에 자신의 노모를 비롯해 남편과 8살짜리 아들까지 같이 모여서 <런닝맨>을 본다고 말해서 필자를 놀라게 했다.

성아름 씨는 가나에서 미국으로 유학을 와서 유수대학에서 석사까지 마치고 남들이 부러워하는 직장에 취직해서 결혼해 남편과 아들과 행복하게 살아가고 있는 본교의 한국어 학생이자 외국인 중창단인 '어드로이트 칼리지 앙상블'의 단원이다. 아름 씨는 최신 한국 드라마는 물론이고 케이팝 가수들의 최신 동향까지 꿰고 있어서 같은 수업을 듣는 학생들에게 재미있는 한국 드라마를 소개하기도 한다.

아름 씨는 선천적으로 청음 실력이 뛰어난 사람이다. 악보를 전혀 읽을 줄 모르지만 귀로 듣고 연습을 해서 노래를 하는 사람이다. 그래서 아름 씨는 항상 연습 시간에 녹음을 한다. 그렇게 녹음한 것을 다음 주 연습 시간까지 계속해서 들으면서 연습을 하곤 한다. 그럼에도 불구하고 아름 씨는 정확한 음은 물론이고 한국어 발음까지도 정확하게 낸다.

그러한 아름 씨의 아들을 만났을 때 우리는 다시 한 번 놀랐다. 8살짜리 가나 아이가 '꼬물꼬물 올챙이가 뒷다리가 쏘옥 앞다리가 쏘옥' 노래를 하는 것이었다. 그 아이는 '깜짝 놀랐어요. 이렇게 쉽게 배울 수가 있다니. 정말 믿을 수가 없네요. 이렇게 금방 읽을 수가 있다니.'라는 한글 노래의 랩 부분을 토씨 하나

안 틀리고 불렀다. 아름 씨가 아들을 태우고 운전하는 중에도 자신의 랩 부분을 들으면서 연습하다 보니 한국어를 전혀 모르는 아들까지도 무슨 뜻인지도 모르면서 외워버린 것이었다.

아름 씨의 어머니 또한 케이팝과 한국 드라마 사랑이 남다르다. 아름 씨 어머니는 매 학기 한국어 반 수업 발표회에 참석하는 것은 물론이고 한국 가수 사진 엽서와 CD도 모으는 열성팬이다. 심지어 아름 씨가 한국에 갔을 때 얼마 안 남은 비행기 출발 시간을 앞두고도 어머니가 원하는 케이팝 CD를 구하기 위해서 동분서주했을 정도이다.

그러한 아름 씨의 가족들이 매주 일요일 저녁에 함께 모여 한국 TV 프로그램을 시청한다는 것은 어찌 보면 특별한 일이 아닐 수도 있겠다는 생각이 들기도 한다. 아름 씨의 남편은 한국과 무역을 하는 미국 회사의 중역이다 보니 한국을 자주 방문하기도 한다고 한다. 아름 씨 가족의 한국 드라마와 케이팝 사랑은 한국어와 한국 문화 사랑으로 발전했으며 더 나아가 한국어로 노래하는 어드로이트 칼리지 중창단원이 된 것이다.

앞으로 더 많은 제2, 제3의 성아름 씨를 기대하며 올 여름에 있을 한국 공연 준비에 박차를 가해본다.

2부

실리콘밸리
한국어 교실
이야기

66

우리의 한글에는 사랑이 담겨 있다
한글은 문맹에 대한 안타까움이 동기가 되어
만들어진 것이다

99

쉰은 자전거,
예순은 예수?

'일~ 이~ 삼 사 오~ 육~ 칠 팔~ 구 ~ 십'

'하나 둘 셋 넷 다섯 여섯 일곱 여덟 아홉 열'

한국어를 배우는 영어권 학생들에게 가장 어려운 주제 중의 하나가 바로 숫자이다. 한 가지가 아니라 두 가지나 되고, 어떤 때에는 '하나 둘 셋 넷'을, 또 어떤 때에는 '일 이 삼 사'를 써야 하니 학생들로서는 정말 힘든 주제이다. 이런 어려움을 조금이라도 덜어주고자 필자의 한국어 수업에서는 필자가 직접 만든 숫자 노래들을 통해서 한국 숫자들을 공부한다. 같은 멜로디에 두 가지 종류의 숫자를 붙여서 쉽게 배울 수 있도록 한 것이다.

그렇게 10까지 숫자를 익히고 나서는 '369 게임'을 하고 '손가락 게임'을 하곤 한다. 처음에는 어색한 몸동작으로 '369 게임' 준비 동작을 하기도 하고 굵은 손가락들을 내면서 손가락 게임을 하기도 하면서 배운 한국 숫자들을 기억하려 애쓰지만, 점점 게임이 진행되면서 자신이 숫자를 공부하고 있다는 사실은 잊어버리고 게임에 이기려고 애쓰는 학생들을 보는 것은 아주 흥미로운 일이다. 또한, 전화번호도 서로 물어보고 전화로 전화번호를 불러줄 때에는 '1'을 '하나'로 읽기도 한다고 알려주곤 한다.

10까지의 숫자는 그래도 쉬운 편이다. '십일 십이 십삼 십사'는 '10+1' '10+2' 등으로 가르치고 '이십 삼십 사십'은 '2×10' '3×10' '4×10'등으로 가르치면서 한국 사람들이 수학을 잘 하는 이유도 이런 한국 숫자 구조에 있다고 은근히 자랑하기도 한다. 그런데 가장 어려운 부분은 '열, 스물, 서른, 마흔'이다. 어떤 법칙이 있는 것도 아니고 따로 쉽게 외울 수 있는 방법도 아니니 정말 학생들에게는 이보다 어려운 것이 없을 정도이다. 그런 어려움을 조금이라도 덜어주고자 '열, 스물, 서른, 마흔' 노래를 만들어서 가르쳤다. 그러나 그럼에도 불구하고 유대봉 씨는 쉰부터 아흔까지는 아주 힘들어 한다.

집에 가서 따로 공부하기 힘든 학생들의 실정을 감안해 필자는 무조건 수업 시간 내에 암기할 수 있도록 하고 있는데, 아무래도 '쉰, 예순, 일흔, 여든, 아흔'이 나이가 들어서 한국어 공부를 시작한 유대봉 씨에게는 버거운 모양이다. 학생들이 돌아가면서 '열, 스물, 서른, 마흔'을 세고 있는데 유대봉 씨가 '쉰'을 세야 할 때 다시 막히고 만다.

그때 야후 엔지니어인 근무하는 또 다른 백인 학생 이보명 씨가 유대봉씨에게 '바이씨클 bicycle '이라고 하면서 자전거 타는 동작으로 힌트를 준다. 처음에는 '자전거'와 '쉰'이 무슨 관계가 있을까 싶었지만 나중에 '스윈'이라는 명품 자전거 브랜드가 있는 것을 알고서 이보명 씨의 재치에 또 한 번 놀랐다. 그렇게 유대봉 씨는 '쉰'을 암기할 수 있었다.

그 다음 고개는 '예순'인데 이건 아무리 생각해도 연상되는 것이 없었다. 그때 필자가 생각한 것이 '예수'라서 '예수'가 영어 '지져스'의 한국 발음이라고 이야기해 주면서 그런데 60과 예수가 어떤 관계가 있는지는 모르겠다고 말했다. 그때 유대봉 씨가 '666'이라고 하면서 '예수'와 '예순'의 관계를 만들어냈다. 이제 '쉰'은 '자전거'와, '예순'은 '예수'로부터 떠올릴 수 있게 된 것이다.

이제 우리 학생들은 1부터 100까지 순 한국 숫자나 한자 숫자 모두 셀 수 있고, 자신의 전화번호를 듣기 좋게 불러줄 수 있으며 고양이를 셀 때에는 '한 마리, 두 마리' 이렇게 셀 줄 알고, 사람을 셀 때에는 '한 명, 두 명'이라고 셀 줄 알게 되었다.

한국 사람들도 힘들어 하는 우리 숫자를 한국식으로 손가락을 꼽아가며 세는 학생들을 바라보며 어떻게 하면 좀 더 쉽고 재미있게 한국 숫자들을 가르칠 수 있을까 고민해 본다.

필자의 산문집 『실리콘밸리 한국어 선생님』에 나온 자신들의 사진을 보면서 신기해하는 사랑스런 제자들의 모습을 보며 돈도, 명예도 없는 일이지만 이 길을 택한 것이 아주 잘 한 일이라는 생각을 다시 한 번 해 보게 된다.

미국 아저씨들의
구구단 외우기

   한국 숫자를 배웠던 지난 주 한국어 수업에 이어서 이번 주에는 숫자를 사용하는 데 필요한 '단위명사'에 대해서 배웠다.

   한국인 부인들과 결혼한 백인 아저씨로 구성된 학급이기에 진행은 천천히 하고 되도록 그 시간 내에 모든 것을 이해하고 암기할 수 있도록 수업을 진행한다. 그러기에 재미있는 에피소드들이 가장 많이 쏟아져 나오는 반이기도 하다. 언제나처럼 유머가 넘치는 유대봉 씨와, 요즘 둘째 아들을 본 이보명 씨, 수업 시간에 딸의 백일 떡을 가져와 함께 나눴던 하나 아빠 정성운 씨가 있어 '오늘은 또 어떤 일이 생길까?'하고 기대가 되는 수업이다.

   "사람을 셀 때에는 한 명, 두 명 이렇게 세요. 자, 제가 나눠

드린 한 명, 두 명, 세 명 노래를 해 볼까요?"

단위명사 앞에서 '하나 둘 셋 넷'이 '한, 두, 세, 네'로 바뀌는 것을 쉽게 암기할 수 있도록 필자가 작곡한 노래에 맞춰서 '한 명, 두 명, 세 명, 네 명'을 연습했다.

이 노래가 끝나자마자 학생들이 '한 명, 두 명, 세 명' 자신들의 숫자를 세기 시작했다. 거기까지는 별 어려움이 없어 보였다. 문제는 그 다음 단위명사에서 발생했다.

"동물을 셀 때에는 한 마리, 두 마리라고 해요. 그럼 '명' 대신 '마리'를 넣어서 노래를 해 볼까요?"

"선생님! 그런데 '마리'와 '동물'에는 아무 관련이 없어요. 다른 단위명사들도 규칙이 없어서 어려워요."

여기저기서 동의 표시가 나왔다.

"말이 뭔지 알아요?"

"호스horse."

"네, 맞았어요. 말은 동물이에요. 동물을 셀 때에는 '말'이라고 해요."

"그런데 '호스'가 '말'이라는 것을 알아야 해요."

"아, 그렇군요. 그럼, 다른 관계를 찾아봐야겠네요. 뭐 다른 것

없어요?"

"메리, 마리…."

"지난 주에는 '예수'와 '예순', 이번 주에는 '메리'와 '마리'."

"아, '메리 헤드 어 리틀 램Mary had a little lamb. '램'은 동물이니까 동물을 셀 때에는 메리, 마리. 이렇게 외우면 되겠네요."

동물을 셀 때에는 '마리'로 센다는 어쩌면 당연한 원칙을 가지고 이렇게 많은 이야기들이 오고 갔다. 그냥 무작정 외우라고 할 수도 있겠지만 이렇게 관련성을 찾으면 훨씬 쉽게 암기하고 기억해내는 것을 볼 수 있기에 그렇게 하도록 했다.

지난 주에 배운 것을 복습하는데 쉰을 기억하지 못하자 자전거라고 해 주었더니 '아, 스윈, 쉰.' 이라고 바로 기억하는 것을 볼 수 있었다.

다음 주에 '쓰리 캣three cats'을 한국어로 뭐라고 하느냐고 우리 학생들에게 물으면 '메리'를 통하여 '마리'를 기억해 낼 것이다.

오늘 수업에서 한 가지 더 재미있는 일화가 있었다. 100까지의 숫자를 모두 완벽하게 공부한 학생들과 구구단 놀이를 하였다. 구구단 놀이를 하기 전에 필자가 초등학교 시절에는 학교 마루 바닥을 왁스 걸레로 닦으면서 구구단을 외우곤 했다는 이야기를 해 주었다. 사실, 영어 숫자를 한국어로 말하는 것도 힘든데 그것을 다시 곱해서 답을 다시 한국어로 말하는 것은 쉬운 일이 아니지만, 다들 열심히 게임에 임했다.

그러다가 유대봉 씨가 시간 내에 말하지 못해 걸렸다. 그랬더니 유대봉 씨가 얼른 걸레로 바닥을 닦는 시늉을 하는 것이었다. 자신이 틀렸으니 벌로 바닥을 닦는 것이라는 뜻이었다.

이렇게 이 학생들과의 수업 시간은 3시간이 너무 짧다. 항상 웃음이 끊이지 않는 이 수업 시간은 나의 삶의 활력소가 되어 준다. 다음 주에는 어떤 다른 웃음을 전해줄지 기대된다.

'ㅂ'은 'A'를
거꾸로 해 놓은 것?

"거기 스노우맨 두 개 있는 거요."

"스노우맨? 어떤 거요?"

항상 독창적인 생각으로 수업 시간을 즐겁게 해 주는 인도 학생 김병서 씨의 말에 나를 비롯한 교실에 있던 학생들은 모두 당황했으나 곧 그것이 바로 '홍'자를 이르는 말인 줄 알게 되었다.

한글의 음절이 반드시 자음으로 시작해야 하고 '자음 + 모음 + (자음)'인 것을 모를 때에 '공'의 'ㅗ'와 'ㅇ'의 결합을 'ㅎ'으로 보는 실수를 하곤 하는데, 병서 씨는 거기에서 한 발짝 더 나아가 'ㅎ'을 '스노우맨'으로 표현하여 바로 알아보지 못한 것이다.

이처럼 병서 씨는 다른 사람들과 다른 관점으로 사물을 대하는 그의 독창적인 생각 덕분에 같은 반 학생들은 즐겁게 공부하고 습득한 것을 쉽게 기억할 수 있다.

기초 2반인 병서 씨는 영어를 배우러 미국에 온 한국인 여자 친구 때문에 한국어를 배우게 된 인도 학생인데, 엔지니어인 동시에 베이스 기타리스트이다.

기초 1반에서 다른 학생들보다 조금 늦게 배운 탓에 '모음 소년'이라는 별명이 붙었던 김병서 씨는 자신이 '모음 소년'을 벗어나게 되었다고 같은 반에 있는 필리핀 학생에게 케이크를 가져

오라고 요구할 정도로 보통 사람과는 많이 다른 사람이다. 김병서 씨는 특히 'ㅂ'을 잘 기억 못 했는데 'ㅂ'을 보고 있던 김병서 씨가 한 말에 교실이 웃음바다가 되었다.

"ㅂ은 A를 뒤집어 놓은 것이니까 A의 반대는 B예요(물론 영어로 한 말임)."

그 말을 들었을 때 처음에는 어리둥절했던 것이 사실이다. ㅂ을 A를 뒤집어 놓은 것으로 본 것도 그렇고 A의 반대를 B라고 생각하여 ㅂ의 발음과 연관시킨 점도 그렇고 확실히 일반 사람들이 보는 관점과는 다른 생각을 갖고 있는 사람임에 분명하다.

또 한 번은 "○○이/가 어디에 있어요?"라는 문형을 연습하는데, 같은 반 남학생이 "책이 어디 있어요?"라고 묻는 물음에 김병서 씨는 소스라치게 놀라면서 "나한테 '자기'라고 했어요?"라고 해서 다시 한 번 학생들을 당황하게 했다. 김병서 씨에게는 '책이'가 '자기'로 들렸던 모양이었다.

다른 사람보다 늦게 배우는 편이고 설상가상으로 오른손에 수술까지 하면서 수업에 빠져서 아직 한국어가 많이 서툴지만 그래도 '자기야, 사랑해!'라고 한국어로 여자 친구에게 말할 줄 아는

병서 씨는 수업 시간을 즐겁게 만들어 주는 없어서는 안 되는 존재이다.

다음 주부터는 한국으로 돌아간 여자 친구와 인도에 있는 가족들을 만나러 가느라고 학교에 오지 못해서 화상채팅을 통해서 한국과 인도에서 수업에 참여하겠다고 하는 열성을 보이기도 했다.

아직 엄한 여자 친구 집에서 자신의 존재를 알지 못 하는 상황이라서 조심스럽지만, 더욱 한국어를 열심히 공부해서 여자 친구와 한국어로 소통하고 나아가서 여자 친구 가족들과도 한국어로 대화할 수 있도록 하겠다는 기특한 생각을 갖고 있기도 하다.

한 동안 김병서 씨가 없는 기초 2반 수업이 조금은 조용해질 것 같다는 생각을 하게 된다.

인도의 코끼리와
한국의 아내

"한국에서 자기 부인을 다른 사람 앞에서 말할 때에는 '제 아내'라고 해야 해요."

"아내요?"

"네. '아내'라고 해야 해요. '부인'은 높임말이라서 다른 사람 앞에서 자기 아내를 가리킬 때 쓰면 안 되요."

"인도에서 '아내'는 '코끼리'예요."

"코끼리요?"

삼성에 근무하는 인도 학생 안명동 씨는 항상 한국어 단어의 발음과 인도어와의 관계를 찾곤하는데, '아내'라는 발음이 인도에서의 '코끼리'라는 단어의 발음과 같다고 했다. '아내'와 '코끼리',

참 재미있는 조합이다.

"인도에서는 '코끼리'를 숭상하지요?"

"네. 여기 코끼리 모양도 있어요."라고 하면서 안명동 씨는 코끼리 모양의 작은 조각품을 보여줬다.

"인도에서 코끼리를 숭상하듯이 한국에서 아내도 그렇게 존경해야 해요."

인도의 '아내'인 코끼리와 한국의 '아내'가 모두 존경을 받는 존재라는 것으로 외우기로 하였다.

지난 시간에 '아이구'라는 말이 나왔을 때에 힌두어에서도 '아이구'는 '아이구'라는 뜻이라며 신기해했다. 항상 안명동씨는 한국어의 새로운 단어가 나왔을 때, 자기 모국어에서 비슷한 발음을 찾아서 연관짓곤 한다. 그것이 안명동 씨가 한국어를 공부하는 요령이다. 영어 단어에서도 이러한 연관성을 찾아서 정리해 놓는다면 영어권 학습자들에게 큰 도움이 되리라 생각되었다.

외국어를 습득하는 방법에는 학습자들 나름대로의 방법이 있다. 흔히 그 나라의 알파벳을 익혀서 읽으면서 배우는 정통의 방법이 최고라고 생각하지만, 학습자에 따라서는 자기 나라의 발음과 연관시켜서 외국어를 배우는 것이 더 효과적인 사람들도 있다. 안명동 씨가 바로 그런 사람 중의 하나다. 그런데 놀랍게도 안명동 씨의 발음은 한국어 자모를 가지고 외우는 사람보다 훨씬 더 훌륭하다. 또 쉽게 암기하는 모습도 볼 수 있었다.

교습을 받으며 보험 회사에 근무하는 필리핀 학생 마은영 씨는 안명동 씨보다 더 심한 경우이다. 처음에 기초반으로 등록을 해서 3주에 걸쳐서 한글 자모를 배웠는데, 다른 학생들보다 나이가 좀 있는 마은영 씨는 쉽게 암기하지 못했었다. 그렇게 자모를 배운 마은영 씨는 자신이 한국어를 배우고 싶은 것은 읽고 쓰고 하기 위해서가 아니라 한국 드라마를 이해하고 자신의 보험 회사를 찾아오는 한국인들에게 조금이라도 한국어를 해서 친밀감을 표현하고 싶어서라고 하면서 완전히 회화 위주의 수업을 받고 싶다고 했다.

그렇게 해서 시작한 것이 나와의 개인교습이고 그 개인교습 시간은 기존의 수업 방식과 전혀 다르게 진행된다. '안녕하세요?'는 [annyunghaseyo]의 식으로 표현되고 마은영 씨 개인이 나의 발음을 듣고 자신의 말로 적어서 암기하고 그것을 사용해 연습하는 방식으로 진행된다.

어쩌면 '한국어는 한국어로 배워야 한다.'라는 말도 어느 누구에게나 맞는 말은 아닐 수도 있을 것이다. 한국에서도 영어를 영어 모국어 화자 선생님이 가르치는 영어 유치원이 한 달에 100만 원을 호가하는 수업료에도 불구하고 아주 인기가 많았지만 점점 한국어로 영어를 가르치는 이중 언어 유치원이 더 인기가 좋다는 이야기를 들었다.

안명동 씨나 마은영 씨의 경우에는 한국어 발음을 자신들의 귀에 들리는 대로 표기해서 공부하는 것이 훨씬 더 효과적일 수 있다는 사실 또한 존중하고 싶다. 어떤 이론이나 어떤 교수법도 모든 학생이나 환경에 맞을 수 없다는 사실을 명심해야 할 것이다.

몸으로 배우는 한글 모음,
내게는 너무 어려운 'ㅡ'

'ㅏ, ㅑ, ㅓ, ㅕ, ㅗ, ㅛ, ㅜ, ㅠ, ㅡ, ㅣ'

난생 처음 한국어를 배우는 학생들의 첫 수업은 항상 시끌시끌하다. 영어권 학생들 입장에서 보면 정말 정신없을 것 같긴 하다. 긴 작대기, 작은 작대기들을 왼쪽 옆에 붙이고, 오른 쪽 옆에 붙이고 하면서 다른 소리를 낸다. 거기까지는 좀 쉬운 편이었다. 작은 획을 하나 더 붙이더니 다시 다른 소리라고 하고 두 개를 합쳐서 동시에 소리내라고 한다.

모국어 화자들이 생각할 때에는 모음이 자음보다 훨씬 쉽다고 생각하기 쉬운데, 외국어로서 한국어를 배우는 학생들은 오히려 모양으로 구분이 가능한 자음보다는 획의 방향에 따라서 음가가 달라지는 모음이 훨씬 어렵다고들 한다.

그래서 사용하는 것이 '모음 체조'이다. 모음 체조는 말 그대로 몸으로 모음을 만드는 것인데, 몸이 긴 획이 되고 두 팔이 짧은 획이 되는 것이다. 그러니까 'ㅏ'는 오른쪽 팔을 몸 바깥 쪽으로 뻗고 'ㅑ'는 두 팔을 모두 오른쪽 방향으로 뻗는 것이다. 'ㅗ'는 한 팔만 위로 올리고, 'ㅜ'는 아래로 한 팔만 내리면 된다. 이때 주의해야 할 점은 'ㅗ'를 한 다음에 'ㅜ'를 할 때, 한 팔은 그대로 위에 놓고 한 팔만 내리면 안 된다는 것이다.

이렇게 기본 모음을 모음 체조를 통하여 익히는데, 한 학생이 손을 든다. 'ㅟ'나 'ㅘ'는 어떻게 해야 하냐는 것이다. 그때 바로 재치를 발휘한다. 두 학생이 함께 하면 된다고 말이다. 즉, 'ㅟ'는 한 학생이 'ㅜ'를 하고 다른 학생이 그 옆에서 'ㅣ'를 하면 되는 것이다.

　한글 모음을 외우기 위해 학생들은 여러 가지 방법을 동원한다. 'ㅐ'는 영어 알파벳의 'H'라고 하고 'ㅒ'는 '사다리'라고 한다. 'ㅜ'는 영어 알파벳의 'T', 'ㅗ'는 'T'를 거꾸로 놓은 것이라고

하기도 한다.

그중에서도 영어에는 없어서 학생들이 가장 힘들어하는 'ㅡ'는 한 학생의 재치로 그 문제를 말끔히 해결한다. 사실 필자는 'ㅡ'를 영어 단어의 'spring'에서 'sp'에 해당하는 발음이라고 하였는데, 한 학생이 'ㅡ'는 영어에서 더러운 것이나 징그러운 것을 보았을 때 내는 '으~'에 해당한다고 하여서 모두 폭소를 터뜨렸다. 'ㅡ'는 어려운 것이니 정말 그들에게는 '으~'라고 할 만한 모음이라는 뜻에서 쉽게 기억할 수 있게 된 것이다.

메리 얼굴은 사각형,
'ㅈ'은 자전거 모양?

　"메리의 얼굴은 사각형이에요. 그러니까 'ㅁ'은 영어의 'M' 발음이 난다고 생각하면 되지요."

　'ㅁ' 카드를 들고 'ㅁ'의 음가에 대해서 설명을 하는 모습이다. 첫 시간에 보았던 '한글'에 관한 영상물에서 한글은 발음구조를 본떠서 만든 것이라는 설명이 있었지만, 'ㅁ'의 경우에는 그리 와 닿지 않는 눈치였다. 'ㄴ'의 경우에는 'ㄴ'을 발음할 때 자신의 혀 모양이 'ㄴ' 모양이 되는 것을 느낄 수 있어서였는지 쉽게 기억해 냈다. 그 영상물에서는 'ㅁ'은 'ㅁ'을 발음할 때의 입술 모양이라고 했는데 아무리 해도 'ㅁ'을 발음할 때의 입술 모양으로는 'ㅁ'을 유추하기 힘든가보다.

자음은 그래도 모음보다는 각각의 모양이 달라서 구분이 쉽지만, 그래도 생전 처음 대하는 글자들의 음가를 익혀가는 것은 그리 쉽지 않다. 그래서 생각한 것이 각 한글 자음에 그와 가장 비슷한 영어 자음으로 시작하는 영어 이름들을 붙이는 것이었다. 즉, 'ㄱ'은 '그랙Greg', 'ㄴ'은 '낸시Nancy', 'ㄷ'은 '데이빗David' 등의 식으로 이름을 붙였는데, 아무래도 'ㅇ'과 'ㅁ'의 구분이 쉽지 않은 눈치였다. 'ㅁ'에는 '메리Mary'라는 이름을 붙였는데, 그에 덧붙여서 '메리의 얼굴은 사각형이에요'라고 설명하면서 'ㅁ'이 'M'의 발음과 같음을 기억하게 한 것이다. 또 한국어 모국어 화자들은 결코 이해할 수 없는 것이 바로 평음(ㄱ, ㄷ, ㅂ, ㅈ)과 격음(ㅋ, ㅌ, ㅍ, ㅊ)의 차이다. 우리 모국어 화자들에게는 당연히 'ㄱ, ㄷ, ㅂ, ㅈ'는 영어의 'g, d, b, j'처럼 생각되는데, 우리가 발음하는 것을 듣는 영어권 학생들에게는 'k, t, p, ch'로 들린다는 사실이 영어권 학생들을 힘들게 한다는 사실을 많은 사람들이 깨닫지 못하고 있다. '공'과 '콩'이 다르고, '달', '탈', '딸'이 우리에게는 다르게 들리지만 영어권 화자들에게는 구분이 잘 안 된다는 것이다. 그래서 흔히 학생들에게 "저는 김밥을 좋아합니다."를 듣고 쓰게 하면 보통 "처는 킴팝을 초아합니다."

라고 쓰는 것을 볼 수 있다.

　물론, 외국어를 배울 때 모국어 화자의 발음을 모방하는 것이 가장 좋은 방법이지만, 성인 학습자의 경우 자신의 모국어에 비슷한 발음으로 이해해서 기억하는 것도 결코 나쁘지 않다. 다른 예는 글자의 생긴 모양과 사물을 연결하는 방법인데, 'ㅈ'의 모양이 자전거처럼 생겼다는 것에 착안해서 'ㅈ'의 발음이 '자전거'의 첫 소리 'ㅈ'이라고 생각하는 방법이다. 이것은 '자전거'라는 단어를 이미 알고 있지만 읽지 못 하는 한인 학생들이나 한인 배우자나 친구를 둔 학생들에게 사용할 수 있는 방법이다.

　경음, 즉 된소리의 경우는 더욱 재미있다. 영어에 없는 'ㄲ, ㄸ, ㅃ, ㅆ, ㅉ' 등은 학생들을 당황하게 하는 장본인이다. 생전 내보지 않던 경음은 들리기에도 우스운 모양이다. 아무리 비슷하게 소리를 내려 해도 잘 되지 않아 힘들어 하는데, 한 학생이 자신이 터득한 방법을 소개했다.

　숨을 참고 있다가 소리를 폭발시키면 된다고 했다. 다들 그 말을 듣고 시도해본다. 경음은 긴장을 한 상태에서 하이 소프라노 소리로 내라고 말하곤 했었는데, 오늘 한 가지 더 배웠다. 각각의 자음을 배운 후에는 각각의 자음으로 시작하는 단어들을 가지고 복습을 하는데, 그때는 학생들이 알 만한 모든 단어를 다 동원한다. 특히, 격음이나 경음의 경우에는 하나하나 그 자음으로 시작하는 단어들을 사용한다.

'ㅃ'의 경우에는 '오빠'라는 말을 사용하고, 'ㄸ'의 경우에는 '아, 뜨거워', 'ㅆ'는 '쌀'이라는 말로 복습을 한다. 한국 드라마를 많이 본 학생들은 '오빠'라는 말에 익숙해져 있다. 그래서 'ㅃ'을 오빠의 'ㅃ'이라고 하면 쉽게 이해하고 따라한다.

자음을 모두 학습한 후에는 모음을 배울 때와 마찬가지로 학생들에게 만들어준 자음 카드들을 사용해서 자음 맞추기 게임을 한다. 이제 자음 모음을 모두 배우고 자음과 모음을 합쳐서 글자를 만들어낼 수 있다.

먼저 자신의 한국 이름을 카드를 이용해서 만들고 자신이 좋아하는 배우들의 이름을 만들어 보기도 한다. 다른 학생보다 먼저 한글을 깨우친 중국인 학생 왕중화 씨는 글자를 만드는 것보다 쓰는 것이 편하다고 다른 사람들이 글자를 만드는 동안 공책에 멋진 필체로 글자를 쓴다. 이제 드디어 한글을 읽고 쓸 수 있게 되었다. 오늘 숙제는 한글로 쓰여진 모든 글자들을 읽어보는 것이다. 식당의 메뉴, 간판, 한국의 검색 사이트 등등 한글이라는 한글은 모두 읽어보라고 하였다. 그리고 다음 주 학생들의 저널에는 오늘 배운 한국 단어들이 서투른 글씨로 놓여질 것이다.

한국에도 외국인들이 많이 늘어나서 한국어를 배우려는 사람도, 그들에게 한국어를 가르치려는 사람들도 많아졌다고 들었다. 외국인들에게 한국어를 가르치기 위해서는 그들이 어떤 과정으로 한국어를 습득하며 또 그 과정에서 어떤 어려움을 겪는지를 민감하게 느낄 수 있어야 할 것이다.

'잊다'와 '잃다', '붙이다'와 '부치다' 헷갈려요

'잊어버리다'와 '잃어버리다'는 한인 2세 학생들이 가장 힘들어 하는 한국어 단어들이다. 따라서 미국 수능 시험 과목인 SAT 한국어 시험에도 단골로 등장하는 문제이기도 하다. 지갑을 잊어버렸다라고 하고, 생일을 잃어버렸다고 한다. 영어로 뜻을 설명해줘도 비슷한 어감 때문에 혼동하곤 한다. 그래서 한 가지 묘책을 강구했다.

"'잃어버리다'의 '잃'은 받침이 두 개 있으니까 하나를 잃어버려도 되겠지요?"

"아! 그렇구나."

한인 학생이라 하더라도 미국에서 태어나 학교의 수업을 모두 영어로 받은 이곳 학생들에게는 왜 to forget은 잊어버리다이고 to lose는 잃어버리다인지 이해할 수 없어 한다.

사실, 모국어 화자의 경우에도 그렇게 배운 것이 아니라 자연스럽게 생활 문장 속에서 배웠기에 그 이유를 설명하기는 어렵다.

모국어 화자들의 경우에는 어렸을 때 부모님이나 주위 사람들을 통해서 말을 배우기 때문에, 아무런 이유 없이 책을 잃어버렸다고 하고 기억을 잊어버렸다고 한다. 그렇지만, 이 경우는 혼동해서 쓰는 모국어 화자들도 볼 수 있다. 지갑을 잊어버렸다라고 하는 말은 모국어 화자들 사이에서도 흔히 들을 수 있는 일이다.

'잃어버리다'의 '잃'은 받침이 두 개이므로 받침 하나를 잃어버려도 된다고 생각하면 혼동되지 않을 것이다.

이곳 한인 학생들을 괴롭히는 문제 중 다른 하나는 '붙이다'와 '부치다'이다. 맞춤법은 달라도 발음이 같은 동음이의어이기 때문에 더욱 혼동이 되곤 한다. '우표를 붙인 편지를 우체국에 가서 부쳤다.'라고 해야 할 것을 '우표를 부친 편지를 우체국에 가서 붙였다.'라고 하는 경우가 많다.

이 경우에는 우표를 붙이다 to attach의 경우에는 '부'에 받침 'ㅌ'을 붙인 것이므로 '붙이다'가 'to attach'라고 생각하면 혼동하지 않을 수 있다. 학생들이 대부분 둘 중 하나는 'to send^{보내다}'의 뜻이고 다른 하나는 'to attach^{접착시키다}'의 뜻으로 알고 있으므로 어느 것이 'to send'이고 어느 것이 'to attach'인지 알면 문제는 생각보다 쉽게 풀릴 수 있는 것이다.

비슷한 경우 '낮다'와 '낳다'가 있는데, 이 경우에 '알을 낳다'의 '낳다'는 받침 'ㅎ'이 알 모양으로 생각해서 '낳다'가 '알을 낳다'의 뜻임을 알게 하기도 한다.

전에 모 방송에서 한 연예인이 공부 잘 하는 법을 이야기하면서 임진왜란의 발생 연도인 1592년을 '이러구 있을 때가 아니다'로 외웠다고 했다. 사실 황당하지만 절대로 잊어버리지 않을 만한 기발한 연상 작용이 아닐 수 없다.

무조건 외우라는 식의 교육은 학생들로 하여금 부담을 느끼게 한다. 교사로서 학생들이 어떻게 하면 잘 이해하고 더 나아가서 암기해야 할 것은 어떻게 잘 암기해서 잊어버리지 않을까 하는 고민을 계속해야 할 것이다.

이제 우리 학생들은 잊어버리다와 잃어버리다, 붙이다와 부치다, 낳다는 확실하게 기억해서 사용하고 또 시험에서도 혼동하지 않을 수 있을 것이다.

티슈는 한국어로
'휴~지'라고 해요

"티슈tissue가 한국어로 뭐라고요?"

"휴~지요."

"네, 맞아요. 스몰small 티슈가 아니라 휴~지huge 티슈지요."

이와 같이 필자의 한국어 수업에서는 연상 작용을 많이 사용한다. 사실 어린 나이에 모국어를 배울 때는 직접 물건을 보고 배우고 일상생활에서 사용하면서 단어들을 배우지만 외국어의 경우에는 대부분 모국어의 단어에 해당하는 외국어를 번역해서 짝지어 무작정 외워야 하는 경우가 많아서 학습자들이 힘들어한다. 또한 단어를 외웠어도 문장에서 어떻게 사용해야 하는지 몰라서 죽은 단어가 되고 마는 경우도 많다.

그래서 필자는 학생들에게 단어 번역하는 일은 하지 않도록 훈련한다. 오히려 본인에게 의미 있고 잘 알고 있는 단어를 넣어서 그 단어와의 조합을 통하여 문장 또는 구를 만들어서 그 문장을 외우도록 가르친다. 예를 들면 '주유소'라는 단어를 '개스 스테이션gas station'이라고 외우는 것이 아니라 본인이 사용하는 주유소 브랜드 이름을 넣어서 'oo 주유소'라고 외우게 한다. 그러면 주유소가 개스 스테이션인지는 몰라도 한국에 갔을 때 주유소를 보면 '주유소'라는 말을 더 쉽게 떠올릴 수 있게 된다.

사실 '개스 스테이션'과 '주유소' 사이에는 아무런 연관 관계도 없는데 무조건 '개스 스테이션'을 '주유소'라고 외워서 연결을 시키는 것은 강제적인 활동일 수밖에 없는 것이다. 하지만 쉬운 단어부터 어려운 단어 혹은 문장까지도 본인에게 의미 있는 단어들을 떠올려 자기만의 문장을 만들어서 외우면 쉽게 그 단어들을 떠올릴 수 있다.

그러한 연상 작용을 돕기 위해서 어울리지 않는 단어 조합을 사용하기도 하는데 예를 들면 '지하철 샌드위치' 같은 단어 조합이 생기기도 한다. 영어로 '서브웨이subway'가 한국어로 '지하철'

이라는 점에 착안해서 샌드위치 브랜드 '서브웨이' 대신에 '지하철'이라는 단어를 넣어서 '지하철 샌드위치'라고 외워서 '지하철'이라는 단어에 새로운 의미를 더하여 좀 더 재미있고 쉽게 단어를 암기할 수 있도록 하는 것이다.

사실, 이런 예는 수도 없이 많다. 연상 작용은 시각적으로도 청각적으로도 가능한데 시각적인 연상 작용의 경우의 단순한 예는 '옷'이라는 글자이다. 글자 '옷'의 모양을 보면 사람처럼 보이

는데 그 모양을 보고 '옷'의 뜻을 떠올릴 수 있다. 이러한 방법은 특히 시각적 학습능력이 뛰어난 학습자에게는 무척 효과적이다.

외국어 학습자들에게 일정량의 단어를 외워오게 하고 그것을 쪽지 시험을 보고 하는 구태의연한 방법으로는 더 이상 학습 능률을 올릴 수 없으며 오히려 쏟아지는 단어들의 홍수 속에서 그 언어에 대한 흥미를 잃게 만들 수도 있다. 한국어 학습자들이 좀 더 재미있게 한국어 단어를 공부할 수 있도록 더 많은 연상 단어 조합들을 생각해야겠다는 다짐을 해본다.

영화제작자인 백인 학생 구민희 씨가 '휴지'를 재채기 소리로 표현하며 코푸는 흉내를 낸다. 구민희 씨에게는 휴지를 볼 때 재채기할 때 필요한 것을 생각할 것이고 본인이 내었던 '휴지'라는 소리에서 휴지를 떠올릴 것이다.

난생 처음 한국어로 써 본
밸런타인데이 카드

"다음 주 수요일이 밸런타인데이예요. 이번 주 숙제는 여러분 부인들께 한국어로 밸런타인데이 카드를 쓰는 거예요. 밸런타인 카드를 써서 여러분들 부인 앞에서 읽어주세요. 그리고 그 카드를 주세요. 그렇게 카드를 주었을 때 부인들이 뭐라고 했는지 써 오는 것이 다음 주 숙제예요."

지난 주 한국어 수업을 마치면서 미국 아저씨들로 구성된 한국어 반 학생들에게 내 준 숙제이다. 공교롭게도 이 반은 한국 부인과 결혼한 백인 아저씨들로 구성된 학급이다. 항상 학교 행사가 있으면 부인과 아이까지 모두 가장 적극적으로 참여하는 본교의 기둥들이다. 이번 주가 밸런타인데이라서 한국 부인들에게

점수를 딸 수 있도록(?) 밸런타인데이 카드에 들어갈 내용을 가르쳐 주고 직접 카드를 쓰도록 한 것이다.

어제 포도주 회사의 중역이자 어드로이트 칼리지의 학생 대표인 백인 아저씨 유대봉 씨로부터 이메일을 받았다. 자신의 부인에게 쓴 밸런타인데이 카드 내용이었다. 필자는 그 카드 내용을 부인에게 쓰기 전에 교정을 봐달라고 보낸 줄 알고 수정할 부분을 수정하여 다시 보냈더니 바로 '너무 늦었네요. 벌써 아내에게 줬어요.'라고 답이 왔다.

오늘 수업에서 유대봉 씨의 밸런타인데이 카드 내용을 함께 검토하였는데, 그 내용을 살펴보면 다음과 같다.

유대봉 씨가 한글로 쓴 밸런타인데이 카드

요보,

반렌타인데이를 축하해요.

이가 인사 작아요 그렇지만 제 마음에 있어요.

제 부인만 날마다 살아요.

그리고 영원히 사랑해요.

요보

여보,

발렌타인데이를 축하해요.

이 인사는 짧아요. 그렇지만 제 마음에서 나왔어요.

당신하고만 날마다 살아요.

그리고 영원히 사랑해요.

당신의 남편 / 유대봉

우선, '요보'는 '여보'의 오타로 유대봉 씨는 한국어를 배우기 전에도 항상 부인을 '여보'라고 불렀다고 했다. 그래서 우스운 일도 벌어지곤 했는데, 유대봉 씨 댁에 미국 친구들이 놀러왔는데, 유대봉 씨가 부인에게 '여보'라고 하는 것을 보고, 친구들도 유대봉 씨 부인에게 "물 좀 주세요(물론 영어로), 여보(한국어로)!"라고 해서 유대봉 씨가 '여보'는 영어의 '허니'에 해당한다고 말해줬다고 했다.

'반렌타인데이를 축하해요'에서 '밸런타인데이'를 '반렌타인데이'로 쓴 것은 유대봉 씨가 'ㄴ'이 'ㄹ'의 부분처럼 생각돼서 혼동이 된다고 했던 것을 단적으로 보여준 예이다. 그리고 세 번째 줄의 '이가 인사 작아요'의 '이가'는 '이거'의 오타이고 '이 인사'라고 해야 할 것을 '이거 인사'라고 쓴 것이다.

'작아요'는 '짧아요'라고 해야 할 것을 이미 아는 단어인 '작아요'를 썼다고 했다. 그 다음 문장 '그렇지만 제 마음에 있어요'는 '그렇지만 제 마음에서 나왔어요'를 영어식으로 쓴 것이고, '있어요'와 '이에요/예요' 모두가 영어의 'be동사'에 해당하기 때문에 혼동하는 영어권 학습자들의 오류를 보여준 것이다.

다음 줄의 '제 부인만 날마다 살아요'는 '부인'이 와이프라는 것을 이용해서 쓴 것으로 영어의 'you'에 해당하는 '당신'이라는 말을 몰라서 범한 오류이다. 이것을 통해서 '당신'이란 부부 간에만 쓸 수 있는 '달링' 같은 말이라고 말해 주었고, 부부 관계가 아닌 경우에 '당신'이란 말을 잘못 쓰면 상대방을 기분 나쁘게 할 수 있다고 말해 주었다.

그리고 '영원히 사랑해요'는 지난 주 수업 시간에 배운 것이라서 틀리지 않았다고 했다. 마지막으로 '여보'라고 쓴 것은 자신을 지칭한 것으로 부인에게는 자신이 '여보'라는 생각에서 그렇게 쓴 것이다. 독자들의 이해를 돕기 위해서 해석을 붙였다.

한글 자판이 서툰 유대봉 씨는 짧은 카드의 내용이었지만 거의 30분이 걸려서 카드를 완성하였다고 했다. 그런데, 한 가지 재미있는 것은 유대봉 씨의 카드 내용 밑에 부인이 교정한 문장들이 적혀 있었다. 밸런타인데이 카드를 주었을 때, 그 부인의 반응은 틀린 한국어를 수정하려 했다는 것이다.

유대봉 씨의 표현을 빌리자면, 카드를 주자 "자, 그럼 어디 봅시다." 그러면서 펜으로 수정을 하려 했다는 것이다. 사실, 그렇게 말했지만, 유대봉 씨가 난생 처음으로 쓴 한글 밸런타인데이 카드를 받으신 부인께서는 그 어떤 선물보다도 기뻐하셨을 것이다.

또한, 오늘 수업 시간에 유대봉 씨는 작은 글귀가 적힌 메모지를 한 장 들고 왔다. 거기에는 '치즈하고 사과는 냉장고에 있어요.'라고 전형적인 한국인들의 흘림체로 쓰여 있었다. 특히 '치즈'의 'ㅈ'은 정직한 인쇄체에만 익숙한 유대봉 씨에게는 알아보기 힘든 글자였나 보다. 그 메모는 바로 유대봉 씨의 부인께서 밖에 나가시면서 유대봉 씨께 남긴 한글로 쓰여진 메모였던 것이다. 이제는 부인과 한글로 메모를 주고받을 수 있게 된 유대봉 씨가 정말 대견하고 자랑스러웠다.

같은 반에 있는 유대인 정성운 씨도 밸런타인데이 카드를 한글로 써서 부인 앞에서 읽어 주었다고 했다. 항상 모든 일에 꼼꼼하고 성실하게 하는 정성운 씨는 부인의 반응까지 저널에 적어 왔는데, 카드를 받고 부인이 뽀뽀를 해 주었다고 적혀 있었다.

사실, 자신을 위해서 한국어를 배우려고 애쓰는 남편들을 볼 때, 그리고 서툴지만 한국어로 사랑을 고백하는 남편들을 볼 때, 그 부인들은 큰 감동을 느꼈을 것이다. 생애 처음 받아보는 미국 남편들의 한글 밸런타인데이 카드는 평생 그 부인들에게 잊지 못할 추억이 될 것이다. 한국어를 잘 하는 우리 남편도 나에게 카드를 안 써줬는데, 한국 사람이 아닌 남편이 열심히 배워서 정성스럽게 써 준 카드는 얼마나 큰 감동을 안겨줬을까?

이번 주말에는 본교에서 '설날 잔치'를 한다. 떡국을 먹고, 한복을 입어보며, 윷놀이도 하며 세배도 하고, 한국 영화 <춘향뎐>도 함께 볼 것이다. 한국에서 '띠'가 뭔지를 배우고 자신의 '띠'를 알게 된 용띠 유대봉 씨와 말띠 정성운 씨도 함께 황금돼지 해를 맞이할 것이다.

70년 만에 찾은
광명의 세상

"'윽' 소리가 나지요."

"맞아요. 바로 그 소리가 'ㄱ'의 소리예요."

"아, 그렇구나. '윽' 소리는 아플 때 나는 소리구나."

모습도 한국 분이시고 한국말도 유창하게 하시는 분이지만 70평생 한글 읽는 법을 배우지 못 하신 할머니께서 본교에서 실행하고 있는 '4일 안에 한글 떼기' 프로그램에 신청해 공부를 하셨다. 보통 이 프로그램에는 3학년 이상 되었지만 한글을 읽고 쓰지 못 하는 학생들이 대부분 지원을 하는데 이번에는 특이하게도 따님을 통하여, 할머니께서 신청하신 것이었다. 전에도 한 3개월 개인 교습을 받았는데 읽을 수 없으셨다는 말씀이 의아하기도 했지만 할머니를 만나자 의문이 바로 풀렸다.

전에 가르치셨던 선생님께서 아이들을 가르치는 방법으로 할머니께 가르친 것이다. 아이들은 통글자로 그림과 단어들을 익히면서 그 가운데서 한글을 터득해 나간다. 그래서 '감자, 가위, 가방' 등의 말에서 그 뜻과 더불어 공통적으로 들어가는 '가'를 배우게 되고 거기에서 'ㄱ'의 음가를 깨닫게 되는 것이다. 그러나 성인들의 경우에는 이미 단어의 뜻들은 다 알고 있으므로 굳이 그런 방법을 쓸 필요가 없는데 그렇게 하다 보니 석 달 동안 일주일에 두 번씩 공부를 하셨는데도 결국은 못 읽고 계셨다는 것이다.

아직 한글을 읽지 못하는 한국 분이 계시다는 사실에 놀라기도 하고 할머니의 연세에 당황스럽기도 했지만 성경책을 읽고 찬송가의 가사를 읽어서 부르고 싶으시다는 할머니의 소원을 들어드리고 싶은 마음에 수업을 시작하기로 했다. 가르치는 4일 동안 그 동안 얼마나 답답하셨을까 하는 마음이 들어 가슴이 뭉클한 순간이 한두 번이 아니었다.

얼마 전에 한국에 다녀오셨는데 지하철을 탈 때에 지하철역 이름을 읽을 수 있으면 좋겠다는 생각을 하셨다고 한다. 교회에서 찬송가를 부르실 때에도 가사를 읽을 수 없어서 거의 듣고 외워서 부르니 부를 수 있는 몇몇 곡 외에는 부르실 수 없다는 말씀을 하실 때에는 정말 힘들게 생활을 하셨다는 생각이 들기도 했다.

아마도 세종대왕께서 한자를 읽지 못하는 백성들을 보면서 느끼셨던 안타까움이 바로 이런 것이 아닐까 하는 건방진 생각을 해 보기도 했다. 이처럼 우리의 한글에는 사랑이 담겨 있다. 여러 나라의 글자들을 모아 만든 로마자와는 달리 한글은 문맹에 대한 안타까움이 동기가 되어 만들어진 것이다. 그래서 지금도 문맹퇴치를 위해 힘쓴 사람들에게는 유네스코에서 '세종대왕상'을 수여하고 있는 것이다.

할머니는 외국인들이 배울 때와는 다른 양상을 보이셨다. 이미 단어들을 알고 있기에 그 단어들을 사용하여 설명할 수 있었지만 그 단어에 해당하는 글자를 따서 자모를 읽는 것 또한 쉽지는 않았다. 'ㅐ'는 '애기'의 'ㅐ'라고 하니까 '개'의 경우에 '감자'의 'ㄱ'과 '애기'의 'ㅐ'를 합쳐야 하는데 할머니께서는 감자와 애기를 합치시려니 어려우신 모양이었다.

재미있는 사실은 아무리 어려운 복모음 혹은 복자음 글자라 하더라도 할머니 가족의 이름에 들어간 글자들은 쉽게 읽어

내시고 할머니께서 많이 드신 모양인 소화제 '위청수'의 'ㅟ'는 아주 잘 기억해 내셨다는 것이다.

자음과 모음은 그래도 나은 편인데 받침은 많이 어려워하셨다. 사실, 외국인들은 따로 받침을 가르치지 않아도 초성으로 배운 자음들을 사용해서 받침들을 읽기 때문에 어려움이 없었는데 할머니의 경우에는 '각'에서 초성 'ㄱ'의 소리와 종성 'ㄱ'의 소리가 달라서인지 힘들어 하셨다. 그래서 생각해낸 꼼수가 바로 받침 'ㄱ'은 끝이 날카로워서 칼 모양 같고 칼에 찌르면 '윽' 소리가 난다는 것에 창안해서 'ㄱ'이 받침으로 쓰일 때는 '윽' 소리가 난다고 한 것이다.

'ㄴ'은 'ㄱ'의 모양과는 달리 평평한 모양이므로 '은근하다'의 '은'의 받침 소리가 난다고 하였는데 '평평하다'의 '응' 소리를 기억하시거나 '고요하다'라고 비슷한 뜻으로 기억하셔서 웃음을 주시기도 했다.

이제 할머니는 또 다른 세상을 살게 되셨다. 프로그램을 마치면서 할머니께서는 정말 고맙다면서 이제는 성경책도 맘껏 읽으실 수 있겠다고 좋아하셨다. 이것이 바로 한국어 선생의 보람이 아닐까 하는 생각을 해 보았다.

저는 백지영을 톱으로 자르다

"오늘 저널 내세요."

여느 때처럼 지난주에 학생들이 제출했던 저널에 답장을 달아서 나눠 주면서 이번 주 저널을 걷고 있었다. 이번 주에는 어떤 이야기가 적혀 있을까, 이번 주에는 어떤 한국 단어들이 그들의 저널 속에 들어 있을까 하는 호기심에 저널을 걷을 때에는 항상 호기심에 가득 차게 된다.

특별히, 이번 주에는 할리우드볼에서 열린 한국 음악 축제에 다녀온 강수진 씨와 강만석 씨가 있어서 그들의 저널이 더욱 기대되었다. 그래서 강만석씨의 저널을 흘깃 보았는데, 그 저널을 보는 순간 정말 숨이 멎는 듯했다.

'저는 백지영을 톱으로 자르다. 저는 fly to the sky도 톱으로

자르다.'

이렇게 쓰여 있었다. 백지영은 강만석 씨가 가장 좋아하는 한국 가수이다.

"강만석씨! 이게 뭐예요?"

"네? 뭐요?"

"이거요."

필자는 강만석씨 저널 중에 나온 '톱으로 자르다' 부분을 가리켰다.

"제가 할리우드볼에서 백지영을 보았다고요(영어로)."

순간, 이게 무슨 뜻일까? 고민하다가 강만석 씨의 말을 듣고서야 그가 이야기하고자 하는 것이 무엇인지 바로 알아챘다. 그것은 영어의 'saw^{보았다}'를 'see^{보다}'의 과거로 생각하지 않고, 바로 'saw'를 영한사전에서 찾아서 그 뜻을 바로 한국 문장에 넣은 것이었다. 아마도 자신이 가장 좋아하는 한국 가수 백지영을 보았을 때의 기쁜 마음을 한국어로 표현하고 싶었던 모양이었다.

"백지영을 보았다라고 해야 돼요."

"그럼, 이 사전이 잘못된 거예요?"

"아니요. 사전은 맞아요. 그런데 saw는 see의 과거동사잖아요?

그러니까 saw를 찾으면 안 되고, see를 찾아서 그것을 과거로 만들어야지요.”

"그럼, 이건 무슨 뜻이에요?"

"그건 톱으로 자르다라는 뜻이에요."라고 영어로 설명해 주었다. 그 설명을 들은 다른 학생들도 모두 놀라면서도 재미있어 했다.

사실, 한국어를 처음 접한 지 8주밖에 안 된 강만석 씨로서는 힘든 문장이다. 그래도 사전을 찾아가며 열심히 써 온 그의 저널이 고맙기만 했다.

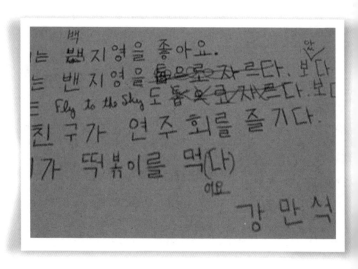

'톱으로 자르다'와 '보았다'가 강만석 씨에게는 모두 같은 뜻으로 영어 단어의 'saw'에 해당하는 것이라는 사실은 아주 당연한 일일지도 모른다. 영한사전이나 한영사전에서 단어나 숙어를 찾아서 문장의 흐름과 상관없이 대입을 하면 전혀 다른 문장이 되고, 심지어는 이렇게 끔찍한 말까지도 하게 되는 경우가 많다.

우리가 영작을 할 때에도 단어를 용법과 관계없이, 혹은 동음이의어의 경우 잘못 선택해서 이상한 문장을 만들어내는 경우가 많은 것을 생각하면 이는 당연한 일이다. 따라서 외국어를 배울 때에 전체적인 문장에 대한 이해 없이 단어의 뜻만 외우는 것은 별 의미가 없다.

"강만석 씨, 저널 참 잘 썼어요. 그런데 다음에는 백지영 씨를 톱으로 자르지 마세요."

한글 자모도 모르고 "안녕하세요."도 모르던 강만석 씨가 7번째 수업 만에 써 온 저널에서 한국어 선생님으로서의 보람을 느낄 수 있었다.

선생님! 잡새,
'짭새'가 뭐예요?

"선생님! 잡새, 짭새가 뭐예요?"

"네? 뭐라고요?"

"짭새요. 폴리스맨을 짭새라고 하는 것 아니에요?"

순간, 정말 기절하는 줄 알았다. 이 질문을 한 사람은 베트남 학생 태경도 씨인데 이 반은 '안녕하세요?'도 모르고 들어온 초급 1반으로서 이제 겨우 여섯 클래스를 마친 반이기에 내 귀를 의심할 수밖에 없었다. 각종 직업들을 공부하고 있었는데 그 중에 '경찰'이라는 말이 나오자 '폴리스맨policeman-경찰'의 한국말이 '짭새'로 알고 있던 태경도 씨에게는 이상했던 모양이었다.

"그 말은 어디서 들었어요?"

"어떤 한국 영화에서 들은 것 같아요."

"경찰을 은어로 말할 때 그렇게 말하는 거예요. 그런데 갱스터_{조직폭력배}들이 경찰을 부를 때 하는 말이니까 여러분은 쓰지 마세요. 여러분은 갱스터 아니지요?"

이 말을 듣자 학급의 모든 학생들이 폭소를 터뜨렸다. 그리고는 짭새 하면서 따라 하기 시작했다.

외국어를 배울 때, 가장 먼저 배우는 말이 욕이라고 하는 것처럼, 이렇게 자극적이고 속된 말들은 누가 가르쳐 주지 않아도 쉽게 배우는 것 같다.

아마도 학생들은 나중에 경찰은 잘 생각나지 않고 짭새라는 말만 생각날 것 같다는 쓸데없는 걱정을 해 보게 된다. 또한, 운동선수라는 말을 배울 때에는 '선수'가 은어로 '플레이보이'라는 뜻이라고 이야기해 주었더니 다시 한 번 학생들이 모두 한바탕 웃으며 흥미를 보였다.

또 다른 시간의 일이었다. 수업 시간에 상영한 <한국 사람들의 일생>이라는 영상물을 통하여 죽음과 장례에 대해서 이야기할 때에 한국 사람들이 생각하는 죽음에 대해서 설명을 하는 도중이었다. 갑자기 브라질 학생 강만석 씨가 손을 번쩍 들었다.

"선생님! '죽을래'는 무슨 뜻이에요?"

"네? 다시 한 번 말씀해 보세요."

" '죽을래?'요. 영화 <마이 세시 걸엽기적인 그녀의 영어 제목>에서 여자 주인공이 항상 남자 주인공한테 죽을래? 그러잖아요?"

"아, 그 영화요? 맞아요. 거기서 그 말이 나오지요."

"그게 무슨 뜻이에요?"

"그건, 직설적으로 번역하자면 Do you want to die?^{너 죽고 싶어?}의 뜻인데 속뜻은 육체적으로 진짜로 죽이겠다고 협박하는 것이라기보다는 그 정도로 절박한 상황임을 뜻하는 거예요. 그래도 오해의 소지가 있으니 이것도 여러분은 절대로 쓰지 마세요."

지난주에 같은 수업에서 벌어졌던 일이다. '미안해요, 죄송해요.'를 배우고 있었는데, 새로 학급에 들어온 미국인 김대영 씨가 갑자기 "죽여주십시오!"라고 말했다. 조금은 어눌한 발음이라서 내가 잘못 들었나 싶어서 다시 확인하였다.

"뭐라고 하셨어요?"

"죽여주십시오!"

"그건 어디서 배웠어요?"

"주몽에 나왔어요."

"그게 무슨 뜻이에요?"

그 말이 신기했는지 한국 남편하고 결혼한 일본 부인 박선희 씨가 묻는다.

"플리즈 킬미 *Please, kill me* 라는 뜻이에요."

"와! 정말요?"

"그렇지만 진짜로 죽이라는 뜻보다는 자신의 죄를 인정하고, 용서를 하든지 죽이든지 맘대로 하시라는 뜻으로 용서를 구하는 거예요."

전에 한국어 교사들을 위한 학술대회에서 이 문제에 대해서 논의한 적이 있었다. 분명 이러한 내용들도 한국어의 한 부분이니 가르쳐야 한다고 주장하는 쪽과 그래도 학교에서 그런 내용을 가르칠 수 없다는 주장이 팽팽하게 맞섰던 기억이 있다.

나의 견해는 학생들이 질문을 할 때에는 그런 것들이 있다고 설명은 해 주되, 굳이 교실에서 가르쳐서 학생들이 사용할 수 있도록 할 필요는 없다는 것이다. 그러나 한 가지 그러한 내용이 나올 때, 학생들의 눈이 더 반짝거리는 것은 어쩔 수 없는 사실이다. 'ㅋㅋㅋ'과 같은 인터넷 용어들도 학생들이 조금 지루해 할 때 살짝 던져주면 다시 학생들의 주목을 끌 수 있다. 다만, 우리 학생들이 짭새라는 말보다는 경찰이라는 말을 사용할 줄 알기를 바라고, 폭력적인 언어 사용으로 물든 우리의 드라마나 영화들도 조금은 순화된 말을 사용하는 사람들이 많이 등장하는 내용으로 바뀌었으면 하는 바람이다.

랩의 원조는 한국이다.
말끝마다 '-요!'

"어느 나라 사람이에요?"

"저는 한국 사람."

"-이에요."

"이름이 뭐예요?"

"문창석."

"-이에요."

"선생님, 잘 지냈어요?"

"네, 문창석씨는요?"

영어 대화에서는 명사만으로도 대답할 수 있는 것에 반해 한국어는 항상 동사나 형용사로 끝나야 한다. 그런데, 영어식으로 명사로만 대답하는 문창석 씨에게 '-이에요'나 '-있어요'와 같이 동사들을 붙이도록 하고 있는데, 이때 문창석 씨가 한 마디 던진다.

"한국어는 모두 '요, -요' 그래요. 랩의 원조는 한국인 것 같아요."

순간 문창석 씨의 재치에 놀라움을 금치 못했다. 지금까지는 어느 누구도 한 번도 생각하지 못했던 것으로 한국어 존대법의 특성을 집어낸 것이다. 사실, 문창석 씨는 한국어만 어눌하지 다른 면에서는 타의 추종을 불허할 만큼 뛰어난 머리의 소유자다. 그의 반짝이는 아이디어는 언제나 빛을 발한다.

수만 명의 학생과 교직원들의 심부름꾼인 문창석 씨의 휴대전화는 공부하는 수업 중에도 끊임없이 그를 찾는 사람들로 인해 쉴 틈이 없다. 그래도 그는 수업 중에는 아주 중요한 총장님의 전화 정도만 받고 나머지는 안 받는다.

이런 문창석 씨의 한국어 학습을 방해하는 것이 있었으니 그것이 바로 '억양'이다. 한국어의 단어들은 대부분 첫 음절에 악센트가 오지만 영어의 경우에는 그렇지 않다. 또한, 한국어는 평서문을 의문문으로 바꿀 때, 다른 단어들을 붙이거나 문장 구성 요소의 순서를 바꾸지 않고, 단순히 마지막을 올림으로써 의문문을 만들 수 있는데, 문창석 씨의 경우에는 끝을 올리는 것이 쉽지 않은 모양이다.

　"책이 책상 위에 있어요."

　"책이 책상 위에 있어요?"

　두 가지를 구분해서 말하는 것이 녹록하지 않게 보인다. 거기에 한 술 더 떠서 의문문의 끝을 올리라는 나의 말에 "책이 책상 위에 있어요."를 다른 말들은 다 내리고 '있어요'의 '-어-'만 높였다가 '-요'는 내리는 영어식 억양으로 발음하여 웃음을 주기도 했다. 이러한 현상은 다른 영어권 학생들에게서는 찾아볼 수 없었던 특이한 현상이었다. 문창석 씨는 '안녕하세요?'의 경우에도 '-세-' 부분만 올렸다가 정작 '-요' 부분은 내리는 재미있는 현상을 보여 주기도 했다.

　'-이에요, 가요, 먹어요, 자요, 좋아요, 싫어요.' 등 외국 사람들이 보기에는 모든 한국어는 '-요'로 끝나는 것으로 보일 수도 있다. 문창석 씨의 이야기를 다른 수업 시간에 해 주면서 '-요'만 빼면 존대법이 아닌 말이 된다고 했더니, 한 학생이 "랩 단어만 빼면 되는군요."한다. 말도 안 되는 이론이지만, 그 말을 듣는 순간, 나도 '그래서 우리나라 가수들이 랩을 잘하나?' 하고 엉뚱한 생각을 해 보기도 했다.

한국 사람들은 왜 '죽겠다'는 말을 그렇게 많이 해요?

"한국 사람들은 왜 '죽겠다'는 말을 그렇게 많이 해요?"

"네? 무슨 말이에요?"

"저희 시어머니께서는 조금만 아프셔도 '아파 죽겠다'고 그러고 저희 남편은 조금만 배가 고파도 '배고파 죽겠다'고 해요."

"아! 그 '죽겠다'는 말 그대로 정말 죽겠다는 것이 아니고 아주 많이 아프고 많이 배고픈 것을 강조해서 하는 말이에요. 그것 말고도 아주 예쁜 아이를 보면 '예뻐 죽겠다'고 하고 아주 좋은 일이 있을 때에는 '좋아 죽겠다'라고도 해요."

"정말이에요? 영어로 말하면 정말 이상해요. 저희 시어머님께서 영어로 그렇게 말씀하셔서 '그 정도는 아니신데 왜 그러시나?'

했어요."

"한국 사람들한테 '죽음'은 그렇게 먼 개념이 아니에요. 그래서 쉽게 '너 죽을래?', '너 죽었다', '이 죽일 놈' 등의 말을 쉽게 하는 거예요. 그렇지만 그것이 정말 영어에서처럼 진짜 죽인다는 의미는 아니에요. 그런데 미국 법정에서 그런 말들을 영어로 그대로 번역해서 오해를 사고 감옥에 가는 경우도 있었어요."

"아, 그렇군요. 이제 왜 한국 사람들이 '죽겠다, 죽겠다' 하는지 알 것 같아요."

한국 유학생 신랑을 만나 미국에서 결혼하고 이번에 한국에 나가서 다시 결혼식을 하고 시어머님과 시간을 보내다 온 중국인 학생 백합 씨와 나눈 대화 내용이다. 우리는 어쩌면 생각보다 '죽음'이라는 것을 친근하게 사용하고 있는지도 모른다. 배가 너무 고파도 '배고파 죽겠다'고 하고, 밥을 많이 먹은 후에는 '배불러 죽겠다'고 한다.

조금만 추워도 '추워 죽겠다'고 하고 조금만 더워도 '더워 죽겠다'고 한다. 조금만 화가 나도 '너 죽을래?', '너 죽었다'라는 말을 서슴지 않고 하는 것을 볼 수 있다. 그러나 어느 누구도 그것을 진짜로 죽는 것을 의미한다고 생각하지 않는다.

얼마 전에 뉴욕에 있는 라디오 방송 프로그램에 '죽음에 관한 한국인들의 생각'에 대해서 인터뷰를 한 적이 있었다. 그때 그 방송을 진행하던 진행자가 그 내용을 프로그램의 주제로 삼은 이유는 뉴욕에 사는 한인 두 사람이 사소한 말다툼이 커져서 법정에 가게 되었는데, 그 사람들이 서로 '너 죽을래?', '넌 죽었다' 등의 말을 '두유 원투 다이Do you want to die?', '유 우드 다이You would die' 등으로 직접적인 통역을 함에 따라 큰 죄인으로 여겨져서 감옥에 가게 된 사건을 다루기 위함이었다.

필자에게 프로그램 진행자가 듣고 싶었던 것은 외국인 입장에서 이러한 한국어와 한국 문화를 이해하는 데 있어서의 한계점과 번역 시에 주의해야 할 점 등이었다. 거기서 말했던 것처럼, 한국 사람들이 말하는 '죽었다', '죽겠다' 등의 말은 말 그대로의 뜻이 아니며 강조해서 말하는 것이라고 외국인들에게 말해 주어야 하고, 통역을 할 때도 이러한 점들을 주의해서 해야 한다.

다만, 법정 통역의 경우는 직역을 하는 것이 원칙이라서 좀 힘들기도 하지만, 그런 경우 한국 문화나 언어 습관에 대한 보충 설명이 필요할 것이다. 실제로 한인들 간의 살인 사건이 나서 컨설팅을 요청받은 적이 있는데 필자가 쓴 한국 문화에서의 죽음의 의미에 대해서 쓴 글을 보고 한인 검사가 연락을 해 온 것이었다. 문자로 '너 죽을래?'라고 보낸 것이 진짜 죽이겠다는 의미가 아니라 화가 나서 한 말이라는 것을 증언해 달라고 하여 도움을 준 적이 있어 살인자가 될 뻔한 사람을 구해 준 적이 있다.

백합 씨는 이번 수업에서 항상 갖고 있던 '죽겠다'라는 표현의 의미를 알게 되었고, 좀 더 시어머님이나 남편, 그리고 시댁 식구들을 이해할 수 있게 되었다고 했다.

한국어 말 한 마디를 배우는 것도 중요하지만 그것보다 더 중요한 것은 그러한 말들의 속뜻을 알고 그 밑바탕에 있는 한국 문화를 알아가는 것이 한국어를 배우는 외국인들에게 더 중요한 일일 것이다.

'오렌지'와 '어륀지',
'자전거'와 '차전거'

"자전거예요, 차전거예요?"

"자전거예요."

"미안함니다예요? 비안함니다예요?"

"미안함니다예요. 그렇지만 차전거나 비안함니다라고 해도 한국 사람들은 알아들을 수 있어요. 발음보다 더 중요한 것은 언어의 유창성이에요."

한국 유학생들과 많이 어울리면서 한국어를 배운 하순신 씨가 묻는다. 하순신 씨는 이순신 장군이 좋아서 자신의 한국 이름을 '하순신'으로 정한 사람이다.

정식으로 한국어를 배운 것은 이번 학기가 처음이지만 오랫

동안 한국 친구들과 어울리면서 한국어를 배워서 보통 반말로 말하고 생각지도 못 했던 질문을 던지곤 하는 사람이다.

'ㅈ'의 발음이 영어권 화자에게는 [j]와 [ch]의 중간 발음이기 때문에 'ㅈ'으로 시작하는 단어들을 'ㅊ'으로 듣고 그렇게 쓰거나 발음하는 경우가 많은 것은 익히 알고 있었으나 한국 사람들의 '미안합니다'가 '비안합니다'로 들린다는 것은 처음 알게 되었다.

이처럼 우리 나라의 'ㅁ'은 어쩌면 영어의 'm'과는 다른 발음일 수도 있다. 특히 'ㅁ'이 첫소리로 날 때에는 소리가 파열되기 때문에 'ㅂ'에 가깝게 들릴 수 있다는 것이다.

이런 것을 보더라도 외국어를 모국어 발음으로 표기하는 것은 아주 어려운 일이며, 그렇게 모국어로 표기하는 것은 외국어 학습에 도움이 안 된다.

"'오렌지'와 '어륀지'의 발음에 대해서 한국에서는 논쟁이 벌어지고 있어요. 본래는 오렌지라고 했었는데, 한국 새 정부의 인수위원장이 어륀지로 해야 한다고 그래서 사람들 사이에 이슈가 되었어요."

"선생님! '오렌지'가 더 알아듣기 쉬워요. 사실, 둘 다 이상하지만 그래도 '오렌지'가 더 나을 것 같아요.

"아니에요, 영어에 가장 가깝게 하려면 '오렌즈'가 더 맞을 것 같아요."

지금까지 어륀지를 선호하던 사람들에게는 청천벽력같은 소리일 것이다. 영어 단어 'orange'의 [o]는 한국어의 'ㅗ'도 'ㅓ'도 아니고, 영어의 경우 자음 하나로 음절이 구성될 수 있는 것에 반해 한국어의 경우에는 'ㅈ' 한 글자만으로 한 음절을 구성할 수 없다는 것을 반영하는 것이다.

대부분의 학생들이 오렌지가 더 영어 발음에 가깝다는 의견에 동의하였다. [ㅓ] 발음을 힘들어 하는 학생들에게 [어륀지]는 읽기도 까다로운 이상한 발음으로 들린다는 것이다. 특히 강세가 중요한 영어 단어의 특성을 생각하면 [어륀지]라고 발음하면 각 음절에 강세가 주어지고 특히 마지막 [지] 발음까지 강세를 받게 되기 때문에 영어 모국어 화자의 orange 발음과는 전혀 다르게 들리는 것이 사실이다.

이때 시종일관 웃음으로 토론을 지켜보던 ESL을 가르치는 영어 선생님인 민백영 씨가 거든다.

"한국에서 '영어몰입교육'을 하겠다고 한다고 들었어요."

"아, 그 얘기를 들으셨어요?"

"네, 그래서 영어 교사들을 많이 모집한다고 들었어요."

"그렇군요. 민백영 씨는 이 문제에 대해서 어떻게 생각하세요?"

"저는 조금 이해가 안 돼요."

"왜요?"

"한국에서 영어를 배울 때는 한국어를 쓰는 것이 더 좋다고 생각해요. 미국에서도 이중언어교육이 더 효과적이라는 의견이 지배적인데, 한국에서 왜 영어로 영어를 가르치겠다고 하는지 이해가 잘 안 돼요."

이 말을 듣던 중국계 벨기에 사람인 장나정 씨와 베트남계 미국 사람 이재희 씨가 나선다.

"우리도 선생님이 영어를 못 하고 한국어만 하면 아주 힘들 거예요."

"저도 전에 다른 곳에서 한국어 배울 때, 그 선생님께서 영어를 못 하셔서 질문도 못 하고 아주 힘들었어요."

"그렇군요. 보통 학자들은 모국어를 쓰지 않고 대상 언어 target language만을 쓰는 것을 권장하는데 정작 외국어를 배우는 학생들은 그렇지 않은 모양이군요."

한국에서 한국 선생님들이 한국 학생들을 가르치는데 영어로 가르친다는 발상이 놀랍다는 민백영 씨의 의견처럼 대부분 토론에 참석한 학생들이 한국의 영어몰입교육에는 이해가 안 된다는 견해를 피력했다.

매주 학생들이 써 오는 저널 숙제가 있는데 대만 학생 장영주씨의 저널에서 재미있는 문장을 발견했다. '회사에 커피가 몇 잔 마셨어요?'라는 문장이었는데, 이것은 정말 잘못된 한국어 문장이다. 그래서 함께 '회사에서 커피를 몇 잔 마셨어요?'라는 문장으로 고친 후에 읽게 해 보았더니 영주 씨가 [헤사에서 커피를 몇 찬 마셨어요?] 라고 읽는다.

　과연 한국 사람들은 이 두 가지 경우에 어떤 말을 좀 더 잘 알아들을 수 있을까? 대답은 간단하다. 외국 사람들의 한국어 발음이 좀 어눌하여도 얼마든지 잘 알아들을 수 있고, 오히려 귀엽게까지 생각하는 것처럼, 한국 사람들이 영어를 할 때 조금씩 틀리는 발음 정도는 영어 모국어 화자들은 충분히 알아들을 수 있는 것이다.

　물론, 발음도 좋고 단어도 많이 알고 문법도 정확한 외국어를 유창하게 사용할 수 있으면 금상첨화이겠지만 이 중에서 외국어를 배우는 사람들에게 가장 덜 중요한 것을 찾으라고 한다면 발음이라고 하겠다. 특별히 발음의 경우에는 아무리 노력해도 그 언어의 모국어 화자의 발음과 같아질 수는 없다는 사실이다.

저는 엔지니어~r이에요

"회사 문 앞에 도착하면 연락 주세요."

"네, 알았어요. 그럼 다같이 7시에 회사 문 앞에서 만나요."

이번 학기부터 시작한 구글에서의 한국어 수업 시간 약속을 위해서 구글 엔지니어이자 본교 학생인 양민희 씨와 주고받은 문자 내용이다. 실리콘밸리에 위치한 본교의 학생들은 대부분이 엔지니어들이다. 그 중에는 구글이나 페이스북처럼 누구나 이름만 들으면 알만한 IT 회사들도 있다. 기초반을 본교에서 들었던 학생들이 교통 혼잡을 피하기 위해서 이번 학기에는 구글 회사 회의실에서 수업을 하기로 한 것이다.

구글 직원 두 명과 페이스북 직원 한 명이 모여 구글 한국어 수업을 시작했다. 보안 장치가 철저한 회사의 출입이 불가능해서 꼭 민희 씨를 만나서 건물 안으로 들어갈 수 밖에 없는 것이다.

사실 이처럼 IT 회사에서 한국어 수업을 하는 것이 처음은 아니었다. 한국 게임 회사와 많은 교류를 갖고 있는 미국 게임 회사의 직원들이 한국어를 공부할 수 있도록 회사의 지원으로 수업을 개설하기도 해서 큰 호응을 받기도 했다. 게임 회사 직원들은 보통 사람들과 생각이 정말 많이 달랐다. 그 회사의 스토리 작가인 백인 학생 박리아 씨가 제일 처음 쓴 한국어 문장이 '달걀이 용 공주를 부화해요.'였다. 아무래도 주어와 목적어를 잘못 생각한 줄 알았는데 밑에 있는 영어 문장도 그렇게 쓰여 있었다.

게임 세계에서는 '용 공주가 달걀을 부화해요.'만 맞는 것이 아니라 '달걀이 용 공주를 부화해요.'도 맞는가보다. 여기서 '용 공주'는 말 그대로 용의 모양을 한 공주를 의미하는 것이었다.

직업에 관한 한국어 단어 수업을 할 때 자신의 직업을 넣어서 대답을 하도록 하는데 학생의 90퍼센트 이상이 엔지니어다보니 "저는 엔지니어예요.", "저도 엔지니어예요." 이런 답변이 이어질 수밖에 없다. 그런데 재미있는 것은 "저는 엔지니얼(영어의 r발음)

이에요."라고 하는 학생들이 대부분이라는 사실이다. '엔지니어 ~r'로 발음했으니 당연히 '예요'가 아닌 '이에요'를 붙여서 '엔지니어~r이에요'로 말하는 것이다. 이런 경우 마지막에 오는 영어의 [r] 발음은 한국어에서는 발음하지 않는다는 것을 알려주면서 그래서 우리는 '컴퓨터', '헬리콥터' 등으로 쓰고 읽는다고 예를 들어주곤 한다. 엔지니어들의 또 하나의 공통된 특성 중 하나는 대부분 엔지니어들이 시각적인 면이 발달되어 있고 논리를 중요시한다는 점이다. 그러한 엔지니어들의 한국어 수업에서는 그냥 두루뭉술한 말로 하는 설명으로는 그들을 만족시킬 수 없고 도표화 하고 논리적으로 설명할 수 있어야 한다. 그래서 언어 수업에는 어울리지 않는 것 같은 수학 연산 기호나 도표들이 등장하기도 한다. 때때로 한국어 문법을 설명하는데 "영어에서는 그럴 수 없어요."라는 말로 당황시키기도 하지만 "그래서 이것은 영어가 아니라 한국어예요."라고 답해주면 멋쩍은 듯이 웃곤 한다.

학생들 대부분이 명문대학들을 졸업하고 많은 수는 대학원까지 마치고 직장 내에서도 상당한 위치에 있는 엔지니어들이지만 하나라도 더 배우고자 눈을 반짝이는 학생들을 볼 때 새끼 새에게

하나라도 더 먹이를 물어다 주고 싶은 어미 새의 마음을 갖게 되
곤 한다.

3부

/

한국어,
그 이상의
한국어

요리책과 성경으로 배우는
한국어

보통 수업 시간이 맞지 않거나 좀 더 빠른 속도로 한국어를 배우기를 원하는 학생들 중에는 클래스보다는 개인 교습을 선호하는 경우가 있는데 주백합 씨도 그 중의 한 사람이다. 백합 씨는 영어 이름 'Lily'를 한국어 이름으로 바꾸고 백합 씨의 아버지의 성을 따서 '주백합'이라는 한국 이름을 갖게 된 한국 아버지와 중국 어머니 사이에 태어난 미국인 혼혈이다.

아버지가 한국 사람이니 사실 자신을 한국 사람이라고 할 것 같은데 백합 씨는 자신을 미국 사람도 아니고 한국 사람도 아닌 중국 사람으로 소개했다. 백합 씨는 문구류를 디자인하는 디자이너인데 얼마 전에 한국인 유학생 남편과 결혼하였다.

백합 씨는 여러 면에서 다른 학생들과 많은 차이를 보인다. 처음에는 일반 수업을 택하여서 수업에 참여했지만, 자신은 좀 더 빨리 한국어를 배워서 시부모님이나 남편하고 한국어로 대화할 수 있었으면 좋겠다고 하면서 개인 교습을 원한 것이다.

처음 개인 교습을 시작할 때에 백합 씨는 한국어 교재 외에 다른 책들을 같이 공부하고 싶다고 했다. 한국에서 3개월 동안 한국어를 배우고 온 백합 씨이기에 아마도 그때 배우던 책이 있나 싶었는데 백합 씨가 첫 시간에 가져온 책은 바로 한국 요리책과 성경책이었다. 그 때만 해도 아직 결혼 전이었는데 곧 한국 남편과 결혼할 예정이라서 한국 요리들을 배우고 싶다고 했다. 그래서 우리는 한국 요리책을 가지고 한국어 공부를 시작했다. 단순히 한국 요리를 배우는 것이 목적이 아니고 그것을 통해서 한국어를 배울 수 있도록 하는 것이 나의 목표였다.

처음으로 공부한 음식은 '콩나물밥'이었다. 누구나 요리책을 한 번 정도 본 적이 있는 사람은 동감할 수 있듯이 우리 나라 요리책에는 평소에 쓰지 않는 단어들이 많이 있다. 그리고 정확한 양을 말하기 보다는 '알맞게'라든지 '적당히' 등의 조금은 이해하기 힘든 표현들이 많이 있다. '콩나물밥'에 관한 요리법을 공부하면서 가장 먼저 닥친 문제는 '고슬고슬하다'라는 표현이었다. 그 외에도 '물을 적당히 붓는다', '콩나물이 익을 정도로 알맞게 밥이 되면 불을 끈다' 등의 표현은 미국에서 태어나 미국식 교육을 받은 백합 씨에게는 이해하기 힘든 것이었다.

그러한 요리책 외에도 우리는 성경을 가지고 공부를 하기 시작했다. 백합 씨는 한국인 남편하고 함께 한국 교회에 나가는데 성경을 한국어로 이해하고 싶다는 것이 백합 씨의 바람이었다. 백합 씨가 택한 성경의 내용은 '잠언'이었는데 쉽게 풀이된 한영 성경을 가지고 와서 함께 공부하였다. 영어로도 되어 있지만 백합 씨는 거의 영어 내용은 잘 보지 않는 듯했다.

오히려 한국어로 된 내용 중에 새로운 단어나 뜻을 모르는 단어의 뜻을 미리 집에서 찾아와서 함께 공부하곤 한다. 백합 씨는 문구 디자이너답게 예쁜 펜들을 많이 갖고 있는데 성경책에 공부한 내용들을 적기 위해서 얇게 써지는 색 볼펜들을 사용한다. 백합 씨의 성경책을 보면 총천연색으로 한국어에 관한 내용들이 적혀있다. 때로는 문법적인 설명이나 예문까지도 적혀 있어서 이것이 한국어 책인지 성경책인지 구분이 안 갈 정도이다.

성경 중에서도 잠언은 많은 비교 문장들이 나오고 '~지 말라'라는 표현들이 많이 나오는데 이런 문장들을 통해서 보통 교과서에서는 중급반에 가서야 나오는 표현들을 공부할 수 있었다. 물론, 그러한 표현들을 일상에서 어떻게 사용하는지 예문을 만드는 것도 잊지 않았다.

백합 씨는 작년 미국에서 결혼식을 올렸지만 유학생 남편을 위해서 한국에서 다시 결혼식을 하기 위해서 지금 한국에 있다. 한국에 가기 전 개인 교습 시간에 제주도 관광에 관한 정보를 인터넷으로 함께 검색해서 그 내용으로 한국어 공부를 하기도 했다. 지난 번 한국 출장 갔을 때 백합 씨는 남편의 친구 결혼식에 참석했는데 그때 사정으로 참석하지 못한 남편의 확대 사진을 가지고 가서 단체 사진에 들고 찍는 등 때로는 엉뚱하지만 정말 기발한 생각을 갖고 있는 학생이다.

이번 한국에서의 결혼식 사진을 많이 찍어 오겠다고 했는데 벌써부터 한복을 곱게 입고 폐백 드리는 백합 씨의 모습이 그립다. 자랑스런 나의 제자 백합 씨가 자유롭게 한글 성경을 읽으며 신앙 생활을 할 수 있는 날이 빨리 오길 바랄 뿐이다.

'아리랑' 부르면 장모님이
좋아하실까요?

　매번 수업을 시작하기 전 본교에서는 10~15분 정도 한국 문화에 관한 영상물을 관람한다. 거기에는 흔히 한국 문화라고 생각하는 한글이나 김치, 전통 혼례 등과 같은 내용들도 있지만 한국 사람으로서 별로 중요하지 않게 생각하고 지나쳤던 내용들도 많이 포함되어 있어 나도 함께 공부하는 마음이 되곤 한다. 그 중 지난 수업 시간에 관람한 영상물은 '아리랑'에 관한 것이었다.

　'아리랑 아리랑 아라리요 아리랑 고개로 넘어간다'

　지난 학기 졸업식 때 함께 불러보았기에 초급 2반 학생들은 그리 낯설지 않는 눈치였다.

다만, 단순히 한국의 민요로만 생각했던 '아리랑' 노래가 한국 사람들에게 어떤 의미를 주는 것이며, 그 종류가 수백 개가 된다는 사실에 놀라는 눈치였다. 또한, 각기 다른 리듬과 내용을 갖고 같은 심정을 표현한다는 사실에 더욱 놀라워했다.

"선생님! '아리랑' 노래 가사 좀 보내주실 수 있어요?"

자신을 자칭 A-B-C라고 소개하는 중국인 왕지원 씨가 손을 들고 말한다. 처음에 A-B-C가 무슨 뜻인지 몰랐으나, 지원 씨의 소개를 듣고 이제 학급의 모든 학생들이 그 말을 이해한다. A-B-C는 어메리칸 브라질리언 차이니스 American Brazilian Chinese -미국에 살고 있는 브라질에서 태어난 중국 사람라는 뜻으로 지원 씨가 생각해 낸 말이다.

브라질에서 태어났지만 자신들의 부모님은 모두 중국 사람들이고, 지금은 미국에 살고 있으니 그도 맞는 말인 듯싶다.

"네. 보내드릴게요. 장모님께 불러드리려고요?"

이번 주에 지원 씨의 장모님께서 지원 씨 집에 오신다고 했고, 또 지난주에는 한국 트롯가요 '장모님'을 어디서 듣고 와서는 필자에게 물었던 적이 있어서 물어보았다.

"네. '아리랑' 불러드리면 장모님께서 좋아하실까요?"라고 지원씨가 되묻는다.

"그럼요. 한국 사람이라면 누구나 '아리랑' 노래에 관해서 공통적으로 느끼는 설명할 수 없는 그 뭔가가 있어요. 그래서 특히 해외에서 한국 사람을 만나면 함께 부를 수 있는 노래가 바로 '아리랑'이에요."

"아, 그래요?"

지원 씨가 조금은 장난스런 말투로 묻는다. 교과서에 '아, 그래요?'라는 문구가 나와서 그때 재미있어 하면서 배웠었는데, '때는 이때다'라는 듯, 지원 씨가 '아, 그래요?'라고 전혀 어색하지 않게 말을 한 것이다.

순간, 교실은 웃음바다가 되었고, 다들 '아, 그래요?'를 따라하기에 정신이 없었다.

"네. 영상물에 나왔던 것처럼 어깨춤도 같이 추면서 부르면 더 좋아하실 거예요."

순간, 한인 2세 H 씨는 '아리랑'을 들으면서 어떻게 느낄까 궁금해졌다.

"H 씨는 '아리랑'을 들을 때 어떤 느낌이 들어요?"

"별 느낌 없어요. 다만, 슬픈 멜로디라는 생각은 들어요."

'아리랑' 노래가 들리는 곳에서는 할아버지 할머니들의 어깨 춤이 나오고, 함께 손잡고 '아리랑'을 부를 때에는 진한 민족애를 느끼게 된다. 그래서 북한에서 개최되었던 남북 통일 음악회에서 '아리랑'을 함께 부르며 마치기도 하고 함께 눈물을 흘리는 것이다. 그런데 우리가 한국 사람이라고 착각한 재미 한인 2세들은 우리와 같은 감성을 가지고 한국을 생각하고 민족애를 간직한 한국 사람이 아닌 한국 부모들 사이에서 태어난 한국계 미국인이었던 것이다.

흔히들, 재미 한인부모들은 자녀들에게 한국어 배우기를 강요하면서 '너는 한국 사람이니까 한국어를 배워야 한다'라고 자녀들이 이해하기 힘든 말을 하곤 한다. 그런 부모님들이 H 씨의 말을 들으면 '한국 사람이 '아리랑'을 들으면서 어떻게 아무 것도 느끼지 못 하느냐?'고 하실 것이다.

그러나 잊지 말아야 할 것은, 재미 한인 자녀들은 미국에서 태어나 미국에서 교육받고 미국 시민권자로 살아가는 한국계 미국인이라는 사실이다.

지원 씨는 한국인 부인하고 결혼하여 아들 하나 딸 하나를 두고 있는데 A-B-C에 하나 더 더해서 A-B-C-K라고 해야 할까? 지원 씨의 자녀들은 영어는 물론이고, 한국어를 엄마와 완벽하게 하고, 브라질에서 태어난 아빠 덕분에 포르투갈어도 의사소통에는 아무 문제없이 쓸 수 있는 정도는 된다고 한다.

어찌 보면 '아리랑'을 들으면서 아무 감정도 못 느끼는 한인 2세 H 씨보다 한국인 장모님을 기쁘시게 해 드리려고 '아리랑' 가사를 알고 싶어 하고 어깨춤을 배우려고 하는 A-B-C 왕지원 씨가 더 한국 사람의 정서를 느끼고 있는 것은 아닐까?

달님 문지영 씨

"선생님, 안녕하세요?"

"아, 달님! 안녕하세요?"

한국어 초급 3반의 필리핀 학생 칼라 베이욧 씨는 우리 학교에서 '달님'으로 더 유명하다. 본교에서는 초급 1반 첫 시간에 가장 어울릴만한 한국 이름을 갖게 되는데 칼라 베이욧 씨는 공식적으로 결혼 후에도 성은 바꾸지 않았지만, 한국 이름을 만들 때에는 한국인 남편의 성을 따서 '문'이라고 했고 남편과 상의한 끝에 '지영'이란 이름을 택해서 '문지영'이란 이름을 갖게 됐다.

문지영 씨는 1.5세 한국인 남편과 결혼하여 슬하에 '소윤'이라는 이름의 두 살 된 예쁜 딸을 두고 있고 명문 대학원을 졸업한 후에 남들이 부러워하는 좋은 직장에서 근무하는 멋진 엔지니어다.

　문지영 씨가 '달님'이라는 별명을 갖게 된 데에는 그럴만한 일이 있었다. 문지영 씨가 초급 1반에서 공부할 때의 일이다. 영어권 학생들에게 'ㄷ, ㅌ, ㄸ'을 구분하여 발음하는 것은 정말 어려운 일인데 이를 위하여 '달, 탈, 딸'을 연습하곤 한다. 그런 과정에서 '달'이 영어의 'Moon'이라는 것을 알게 되었고, 접미사 '-님'은 '씨'보다도 한 단계 위인 존칭에 사용하며 이는 영어의 '미스터, 미스, 미세스'에 해당한다고 설명하는데 갑자기 문지영 씨가 "저는 달님이에요." 이렇게 말하는 것이다.

말인 즉슨, 자기가 '미세스 문Mrs. Moon'이니까 자기는 '달님'이라는 것이다. 설명을 들은 모든 학생들과 필자는 정말 폭소를 터뜨렸다. 정말 기발한 생각이 아닐 수 없다. 그때부터 문지영 씨는 '달님'이라는 별명을 갖게 된 것이다.

이처럼 달님 문지영 씨는 수업 시간에 항상 다른 학생들에게 웃음을 주고 수업을 활발하게 만들어주는 윤활유의 역할을 하는 사람이다. 그렇게 유쾌하고 밝은 사람이지만, 한편으로는 한국 전통 며느리의 기품을 갖추고 있기도 하다. 딸 소윤이에게 절하는 법을 가르치고 시어머님께 한국 음식 만드는 법을 배워서 한국어 수업 종업식 때 가져와 사람들을 놀라게 하기도 했다.

지난주에 있었던 본교의 설날 잔치에서는 한복도 입어보고 큰절하는 법도 배워보고 윷놀이의 유래와 놀이 방법에 대해서 설명도 듣고 함께 윷놀이를 해 보는 시간을 가졌다.

기부 받은 한복이라서 각자 몸에 잘 맞지도 않고 오래된 한복이라서 유행에 뒤떨어지기도 했지만 다들 신기한 듯 한복을 입고 옷고름 매는 법을 배우려고 했다. 특별히 남자 한복은 작은 체구의 남자분 것인지 한국 사람들에 비해서 덩치가 큰 외국인 학생들에게는 아이의 옷 같아 보였고 겨우 팔을 낄 수 있을 정도였다. 그래도 한복을 입어봤다는 사실이 뿌듯한 듯 조금은 우스꽝스러운 모습인데도 불구하고 함께 사진을 찍는 것에 거부감을 나타내지 않았다.

함께 윷놀이를 한 후에 문지영 씨에게 윷놀이가 재미있었느냐고 물었더니 전에도 해 본 적은 있는데 오늘 집에 가서 윷을 찾아서 딸 소윤이와 함께 해 봐야겠다고 너스레를 떨기도 했다.

'도'는 돼지를, '개'는 개를, '걸'은 양을, '윷'은 소를, '모'는 말을 숭상하는 부족을 상징하였었고 그 놀이가 천 년 전부터 시작된 놀이라는 사실에 놀라움을 금치 못하기도 했다.

얼마 전에는 문지영 씨가 딸 소윤이의 두 살 생일잔치에 초대해서 갔었는데 문지영 씨의 활발한 성격을 보여주기나 하는 듯 많은 친구들이 왔었다. 그때도 역시 시어머님과 함께 한국 음식을 준비하였는데 그 맛이 진정한 한국의 맛을 내기도 했다.

한국 부모님에게서 태어났지만 한국어를 하지 못 하는 한인 2세보다도 한국어와 한국문화를 배우려고 노력하고 한국 음식의 맛을 낼 줄 아는 필리핀 며느리 문지영 씨가 아주 사랑스럽다고 말씀하시는 시어머님의 말씀에서 정말 문지영 씨는 진정한 달님이라는 사실을 깨닫게 되었다.

혼혈 한국인 여자 친구 어머니께
한글 카드 드렸어요

"아~주 예뻐요."

"배고파요?"

이 말들은 매주 토요일 한국어를 배우고 있는 이탈리아계 미국 사람인 서명균 씨가 가장 처음으로 배운 말이다. 한국인 어머니와 스페인계 미국인 아버지를 두고 있는 여자 친구 스테파니 씨를 처음 집으로 초대해서 음식을 만들어 주던 날 했던 말들이었다.

그날이 바로 여자 친구 스테파니 씨를 두 번째 만나는 날이어서 호감을 표시하고 싶었고 그래서 스테파니 씨에게 "아~주 예뻐요."라는 말을 해 주고 싶었던 것이다.

　서명균 씨가 컨닝 페이퍼를 준비해서 여자 친구 몰래 훔쳐보면서, 준비한 한국어들을 쏟아냈을 장면은 생각만 해도 정말 귀엽다. 그런데 역설적인 사실은 정작 스테파니 씨는 한국어를 전혀 모른다는 사실이다. 오히려 서명균 씨가 스테파니 씨에게 한국어를 가르쳐 줬고, 그 이후로 두 사람은 더욱 가까워진 것은 두말할 필요도 없다.

　그 이후로 서명균 씨가 스테파니 씨와 더 가까워지게 된 계기가 있었으니, 바로 서명균 씨가 스테파니 씨의 어머니께 한글로 써서 드린 어머니 날 카드가 그것이다. 비록 스테파니 씨 어머니가 건강이 안 좋아 취소되긴 했지만, 그는 그날 난생 처음 한글로 쓴 어머니날 카드와 꽃다발을 들고 스테파니씨 부모님을 뵙기로 했었고 그것을 위해서 한국말을 열심히 연습했었다.

그 이후로 나는 서명균 씨의 한국어 교사일 뿐 아니라 연애 코치 역할까지 담당하게 되었다. 그 과정에 불발로 그쳐버린 스테파니 씨 집 방문이 이루어질 계기가 있었으니 어머니날이 지난 한 달 정도 후에 스테파니 씨 어머니의 생신이 있었던 것이다.

서명균 씨는 어머니날 카드를 썼던 경험이 있었던지라 좀 더 또박또박한 글씨로 스테파니 씨 어머니께 드리는 생일카드를 적었다. 더불어 서명균 씨는 스테파니 씨와 함께 한국 명절 행사 때 사용하기 위해 비치해 놓은 한복을 입고 한국 생일 축하 노래를 불러드리기도 했다.

서명균 씨가 준 카드는 스테파니 씨 어머니가 미국에 온 후로 처음 받아 본 한글 생일카드였던 것이다스테파니 씨는 한국말을 못 한다. 서명균 씨에 의하면 스테파니 씨 어머니는 눈물까지 글썽였다고 하니, 그 감동이 정말 컸던 것을 알 수 있다. 본인의 딸도 한국어를 못 하고 한글로 카드를 써 준 적이 없는데 한국과는 전혀 상관없는 이탈리아 사람으로부터 한글로 쓰여진 생일카드를 받았으니… 그 느낌은 정말 색다른 것이었을 것이다.

매 학기말마다 학생들이 각자 준비한 한국어 발표를 하곤 하는데 서명균 씨의 발표는 정말 특별했다. 서명균 씨는 미국 전국대회에서도 입상할 정도의 실력을 가진 역도 선수이자 헬스 트레이너다. 또 여자 친구 스테파니 씨는 요가 트레이너인데 운동하면서 한국어를 가르치는 비디오를 제작한 뒤 졸업식에서 발표해서 관중들의 큰 박수를 받았다.

"안녕하세요?"

"이름이 뭐예요?"

"마이클이에요."

"배고파요."

"비빔밥 주세요."

"반갑습니다."

"다음에 또 봐요."

위의 내용들을 다양한 헬스 동작들과 함께 연습하는 비디오 인데 영어 자막과 함께 만들어져서 누구라도 헬스 동작과 함께 한국어를 공부할 수 있다.

서명균 씨는 나중에 한국에서 헬스와 영어를 함께 가르치는 것도 고민하고 있다. 서명균 씨는 가족이 대리석 회사를 운영하고 있고 한국에 공장을 두고 있어서 언젠가는 한국에 가서 얼마 동안 머물기를 바라며 한국어를 배우기 시작했다.

그러나 한국인 어머니를 둔 혼혈 여자 친구를 만난 뒤 한국어와 한국문화에 대한 관심이 높아졌고 앞으로 더욱 열심히 한국어를 공부해서 스테파니 씨 어머니와 자유롭게 한국어로 대화할 수 있기를 바란다. 서명균 씨와 만나서 공부하는 토요일 아침이 기다려지는 것은 이런 특별한 이유 때문인 것이다.

파란 눈 금발
크리스틴은 한국인?

"제 딸 크리스틴은 자기가 한국 사람이래요."

"네? 크리스틴은 전혀 한국 사람 같지 않은데요? 크리스틴이 한국에서 태어났나요?"

"아니오. 미국에서 태어나서 미국 시민권자예요."

"그런데 왜 자기를 한국 사람으로 생각하나요?"

"잘 모르겠어요. 초등학교 때부터 인종을 표시하는 곳이 있으면 '한국인'에다가 표시를 하곤 했어요. 그래서 '너의 아빠도 미국 사람이고 미국에서 태어났고 금발에 파란 눈을 가진 미국 사람이다'라고 아무리 말해줘도 자신은 '한국 사람'이라고 우기곤 했어요."

"크리스틴이 한국말을 할 줄 아나요?"

"네. 자기 엄마하고 한국말로 유창하게 대화해요."

크리스틴은 우리 한국어 교실의 유명한 백인 아저씨 유대봉 씨와 그의 한국 부인 사이에서 태어난 금발에 파란 눈을 가진 혼혈 미국인이다. 아무리 봐도 그녀는 한국 사람처럼 보이지 않는데, 자신을 한국인으로 생각하는 독특한 아가씨이다.

부모가 모두 한국 사람이지만 미국에서 태어났다고 해서 자신을 미국 사람으로 생각하는 대다수 재미 한인 2세들과는 정말 다른 생각을 갖고 있는 사람이다.

어렸을 때부터 한국인 엄마하고 한국어로 대화하면서 지금도 유창하게 한국어를 구사할 수 있는 이 아가씨는 자신이 한국어를 하고 엄마가 한국인이므로 자신은 한국인이라고 하는 것이다. 이 아가씨는 과연 한국 사람일까?

윤경 씨는 한국인 아버지와 한국인 어머니 사이에서 미국에서 태어난 재미한국인 2세다. 윤경 씨는 처음 우리 한국어 클래스를 찾아 왔을 때, 자신을 '미국인'이라고 소개했다. 윤경 씨는 언뜻

봐도 한국 사람처럼 생겼는데, 자신은 '한국계 미국인'도 아닌 '미국인'이라고 하였다.

본교를 찾기 전까지는 한국어를 배워본 적이 없어서 한글 자모를 배우는 기초반부터 시작한 학생이었다. 윤경 씨는 다른 비한국계 학생들과 비슷한 정도로 한국어 실력이 향상되고 있다.

그런데 윤경 씨가 한 학기의 수업을 마치고 가족들과 친구들, 그리고 많은 관중들 앞에서 자신을 한국어로 소개하는 시간에 자신을 '한국인'이라고 소개하여 함께 참석한 그녀의 어머니의 눈시울을 적시기도 하였다.

"저는 한국어를 하나도 못 해서 저를 '미국 사람'으로 생각했던 것 같아요."

윤경 씨는 미국 사람일까?

백합 씨는 한국인 아버지와 중국인 어머니 사이에서 미국에서 출생한 학생이다. 백합 씨는 처음에 자신을 소개할 때, '중국 사람'으로 소개했다. 미국에서 태어났고, 한국인 아버지가 있으니 당연히 '미국인' 혹은 '한국인'으로 소개할 것 같은데, 그녀는 자신을 '중국인'으로 소개하였다.

그녀도 본교에 오기 전까지는 한국에 가서 3개월 동안 어학연수를 한 것 외에는 한국어를 배우거나 써 본 적이 없다는 것이다. 그렇지만 중국인 어머니의 영향으로 중국어는 유창하게 할 수 있어서 자신의 언니나 어머니와 중국어로 대화가 가능했다고 한다.

이번에 백합 씨는 한국 유학생을 만나 결혼하였다. 시댁이 한국에 있는 관계로 미국에서 올린 결혼식 외에 한국에 가서 다시 한 번 결혼식을 하고 왔는데, 그때서야 처음으로 아버지 쪽의 친척들을 만날 수 있었다고 한다. 그래도 열심히 한국어를 공부한 덕분에 백합 씨는 시댁 식구들이나 아버지 쪽의 친척들과 한국어로 대화를 할 수 있었다고 한다.

백합 씨는 중국 사람일까?

한국어 수업 시간에 '정체성'에 관한 문제를 토론하였는데 한 학생이 묻기를, "부모님이 모두 미국 사람인데 한국에서 태어난 백인 한국인White-Korean 이 있나요?"라고 하는 것이었다.

백인 한국인? 정말 새로운 말이었다. 아니, 충격이었다. 여태까지 한국 사람은 모두 황인종이고 코가 낮고 검은 머리에 검은 눈동자를 가진 사람들이라고 생각해왔는데, '백인 한국인'이라는 개념은 머릿속을 하얗게 만들 정도로 충격적이었다.

"그런 사람들은 별로 많지 않고 오히려 한국 남자들과 비한국계 여성들이 결혼하여 낳은 혼혈아들이 생겨나고 있어요. 한국 사람들은 모두 단일 민족이고 같은 가족이라고 생각해 왔었는데, 이제는 그럴 수 없을 것 같아요."

지금 한국에서는 국제 결혼률이 높아지고 그 가정에서 '코시안'이라는 아이들이 태어나고 있다고 들었다. 또한 이주 노동자로 한국에 정착한 아시안 부모들 사이에서 한국인과 다르게 생긴 한국 아이들이 태어나고 있다는 소식도 들었다.

한국의 한 다큐멘터리를 통하여 방글라데시 부부 사이에서, 한국에서 태어나 한국 학교에서 교육받고 한국어를 유창하게 하는 아이가 "저는 한국 사람이에요"라고 말하는 것을 보고 '과연 누가 한국 사람일까?'라는 생각을 하게 되었다.

"어느 나라 사람이에요?"

이것은 한국어 '제1과'에서 배우는 내용이다. 미국이라는 사회가 여러 나라의 사람들이 이민 와서 만들어진 이민 사회이므로 대부분 자신들의 나라를 자신이 이민 오기 전의 모국으로 생각하는 경향이 많고, 거기에서 한 발짝 더 나아가서는 자신들의 생긴 모습이나 자신이 가능한 언어에 따라서 자신들의 정체성을 찾는 모습을 볼 수 있다.

처음에 말한 파란 눈의 금발 아가씨 크리스틴이 자신이 한국어를 할 수 있기에 자신을 '한국사람'이라고 하는 것이나 윤경씨가 한국어를 배우기 전에는 자신을 '미국인'이라고 했다가 한국어를 배운 후에는 '한국사람'이라고 하는 것, 그리고 중국어를 유창하게 할 수 있기에 자신을 '중국사람'으로 생각하는 백합 씨를 보면 얼마나 언어가 정체성에 큰 영향을 미치는지 알 수 있다.

한국에서 태어나 한국 학교에서 교육받고 한국어만 유창하게 하는 비한국계 혹은 혼혈 아이들도 자신을 '한국인'으로 생각할 것이고 우리 사회도 이제 편견을 버리고 그들을 진정한 '한국인'으로 받아들여야 하는 것은 아닐까?

민희 이모 이야기

"민희 이모! 오늘은 뭐 가져왔어요?"
"오늘은 맛있는 빵 가져왔어요."

　민희 이모가 있는 곳이면 언제나 먹을 것들이 넘쳐난다. 민희 이모는 환갑의 나이에도 본교에서 열심히 한국어를 공부하고 있는 필리핀계 미국 학생 배민희 씨이다. 다른 학생보다 좀 많은 나이와 바쁜 일정으로 인한 잦은 결석으로 수업을 따라가기 힘들 때는 따로 시간을 내서 개인 교습을 통해서라도 한국어 학습을 계속해 나가고 있다.
　이러한 배민희 씨가 '민희 이모'라는 별명이 생긴 이유는 나이가 다른 학생들 이모뻘인 점도 있지만 항상 다른 사람들을 챙기고 수업 시간마다 먹거리를 챙겨오는 자상함 때문이다.

작년에 개최한 중창단의 첫 공식 무대였던 '작은 음악회' 리셉션에는 손수 떡볶이를 해 오기도 하는 등 한국 음식도 요리할 줄 아는 멋진 학생이다.

민희 이모로 불리우는 이 학생은 사실은 스탠포드 대학병원의 인정받는 현직 간호사이다. 또한 손자 손녀까지 있는 대가족의 젊은 할머니이기도 하다. 이러한 민희 씨가 한국어로만 노래하는 외국인 중창단 '어드로이트 칼리지 앙상블' 사무총장이 된 데에는 작년에 있었던 부산 초청 공연에 합류가 그 원인이 되었다. 중창단 단원은 아니었지만 본교에서 한국어를 배우고 있는 학생이었고 단원이었던 성아름 씨와 친했던 터라 중창단 의료진으로 참가하기로 했던 것이었다.

서울에서 만난 민희 씨가 들고 온 여행 가방을 보고 정말 놀라움을 금치 못 했다. 여행 가방 세 개에 배낭까지 혼자 들지도 못하고 아름 씨가 거들어줘서 겨우 감당할 정도의 짐을 바리바리 싸 가지고 온 것이다. 본래 여행 다닐 때에는 간편한 짐을 선호한 필자는 그 짐을 보자 황당하기도 하고 같이 다닐 생각에 조금은 다른 사람들에게 불편을 주는 것 같이 보이는 민희 씨의 행동에 불편한 마음이 들었던 것도 사실이다. 그런데 그러한 짐을 들고 올 수 밖에 없었던 이유를 들었을 때는 미안한 마음과 고마운 마음이 교차했다. 민희 씨가 들고 온 가방에는 우리를 초청해 주신 분들께 드릴 선물들과 한국 방문 후 찾아갈 필리핀 가족들을 위한 선물이 가득 들어 있었고 자신의 옷가지들은 거의 없었던 것이다.

중창단의 공연과 관중들의 반응을 보고 감명을 받은 민희 씨가 자진해서 중창단의 사무총장 직을 맡겠다고 했고 앞으로 중창단의 한국 공연 경비 지원을 위한 기금 모금에 대한 자신감을 보이기도 했다. 외국인으로만 구성되었으나 한국어로만 노래하는 세계 유일의 중창단이라는 사실만으로도 얼마든지 지원을 받을 수 있다고 자신한 민희 이모 덕분에 중창단들은 이제 열심히 공연 준비에만 몰두할 수 있게 됐다.

민희 이모는 서울 방문 중에 자신에게 맞는 한복을 맞춰서 구입했는데 다 만들어진 한복을 입어보고 정말 감격해서 눈물을 흘리며 한복을 만들어주신 할머니에게 감사하다며 함께 기념 촬영을 하기도 했다. 민희 씨는 올해부터는 중창단 알토로도 참여하며 열심히 중창단의 한국 방문 기금 모금 마련을 위해서 여러 가지 방법으로 기금을 모금 중에 있다. 이렇게 아낌없이 나눠 줄 줄 아는 민희 이모가 있어서 우리 중창단은 한국 노래를 미국 주류 사회에 알리는 데에 일익을 담당할 수 있을 것으로 기대된다.

내 새로운 가족을
소개합니다

　가족이란 무엇인가? 가족 한자를 보면 집 가家에 씨 족族 자를 쓰는 것을 볼 수 있다. 즉 가족이란 '같은 집에 살면서 같은 성씨를 가진 사람들'이라고 정의할 수 있다. 또한 '가족'을 '식구食口'라고도 하는데 이는 '함께 먹는 사람들'이라는 뜻으로 볼 수 있다. 이처럼 가족이란 함께 사는 사람들에 국한된 단어였던 것을 알 수 있다.

　옛날 한국이 대가족 제도를 지켰을 때에는 보통 2~3대 많게는 4대까지도 한 집에서 함께 한솥밥을 먹고 살았으니 이 말이 별 문제 없이 받아들여졌을 것이다. 또 가족의 사전적 의미를 살펴보면 '부부를 중심으로 한 집안을 이루는 사람들'이라고 나와 있다.

얼마 전 본교에서 시행하는 한국영화의 밤에서 '가족의 탄생'이라는 영화를 상영하였다. 그 영화에서 보면 전혀 피가 섞이지 않은 사람들끼리 관계를 형성하여 끝내는 '가족'이라는 이름으로 만나게 된다. 가장 인상 깊었던 장면은 바로 끝 장면이었는데, 출연하였던 배우들이 모두 각기 제 갈 길을 가는 모습으로 서로 만나면서도 모른 채 지나가는 모습들이 연출되었다.

어찌 보면 그것은 끝 장면이 아니라 첫 장면이었어야 할 것이다. 그렇게 서로 각기 다른 모습으로 다르게 살아가던 사람들이 모여서 '가족'이라는 이름 아래 서로를 이해하고 보듬어 가면서 사는 모습들이 바로 참된 '가족'의 모습이 아닐까? 하는 생각을 해봤다.

이 영화에서의 가족은 한자의 풀이와도, 사전적 의미와도 맞지 않는 구성원들이다. 그러나, 그들은 누가 봐도 훌륭한 가족들임에 틀림없다.

어려서 유학의 길에 올라 오랫동안 부모님과 떨어져 살았던 나는 가족에 대해서 많은 그리움을 느끼면서 살아왔다. 그러나 그렇게 진짜 가족과는 떨어져 살았지만 주변에는 언제나 가족

같은 좋은 사람들이 많이 있었다.

휴스턴에서 공부하던 시절 언니처럼 보살펴 주시던 K 집사님이나 나이 차이가 많이 나지만 음악이라는 공통된 화제로 밤이 늦도록 이야기를 나누며 지냈던 C 집사님 등 너무나도 좋은 분들께서 곁에 계셨기에 그렇게 외롭지는 않게 유학생활을 보낼 수 있었다. 기쁜 일이 있을 때에는 함께 웃고 축하하며 힘든 일이 있을 때에는 서로 위로하며 기도해 주곤 했다. 이게 바로 참된 가족의 모습이 아닐까?

얼마 전 일본에 살고 있는 여동생이 우리 집을 방문하여 열흘 동안 함께 시간을 보냈다. 살면서 이렇게 꼬박 붙어 다닌 적이 거의 없었다. 동생이 결혼해서 일본으로 간 후에는 더욱 1년에 한 번 만나는 것도 힘들었었는데 이번에 모처럼 함께 시간을 보낼 수 있었다.

처음에는 누군가가 남편과 나만의 공간에 그것도 열흘씩이나 와 있다는 사실 자체가 부담스러웠지만, 사는 모습 그대로 보여주고, 우리 먹는 음식 그대로 나눌 수 있어서 '이게 바로 가족이구나' 라는 생각이 들었다. 특별히 신경 쓰지 않아도 되는 그런 편한 느낌, 그것이 가족에게서만 느낄 수 있는 느낌이 아닐까 하는 생각이 들었다.

나는 올 한 해 동안 많은 새로운 가족들이 생겼다. 태어난 나라도 다르고, 물론, 부모님도 다르고 먹는 음식도 다르지만 '한국어'라는 공통 분모 아래 '어드로이트'라는 이름으로 만난 소중한 가족 구성원들, 그들이 바로 우리의 새로운 가족이다. 우리는 자주 함께 식사를 하지는 못 하지만 매 학기말에는 한 가지씩 음식을 마련해 와 가족의 기쁨을 나눈다. 또한, 한국인 부인과의 사이에 예쁜 딸을 낳은 유대인 정성운 씨는 딸 하나의 백일 떡을 다른 급우들과 나누기도 했다. 한국어를 배우는 학생들뿐 아니라 그들의 가족들까지도 우리 '어드로이트' 가족의 일원이 된 것이다. 지난 추석에는 함께 송편을 만들며 윷놀이도 함께 하였다.

가족에 대한 의미가 쇠퇴해 가는 현대 시대에 새로운 가족에 대한 정의가 내려져야 할 것이다. 비록 부부라는 이름으로, 가족이라는 이름으로 만났지만 1년에 한 두 번 보기도 힘든 기러기 가족보다는 더 많은 시간을 함께 지낼 수 있는 사람들이 바로 우리의 가족이 아닐까 하는 생각을 해 보면서 소중한 우리의 가족들을 떠올려 본다.

떡볶이도 만들고,
한국 노래도 부르고!

"이건 마늘이에요. 이게 뭐예요?"

"마~늘"

"이건 양배추예요. 이게 뭐예요?"

"영 배추"

아직은 'ㅑ'와 'ㅕ'의 구분이 힘든 베트남 학생 인태영 씨가 '양배추'를 '영배추'로 발음하여 양배추가 '젊은 배추'로 둔갑하기도 하였다. 그래서 '양'은 '서양'을 말하고, '배추'는 '중국 배추Chinese cabage'라고 알려주었더니 영어로 하면 양배추는 '서양 중국 배추'라고 해석되는 우스운 결과를 낳고 말았다.

"이건 떡볶이 떡이에요. '떡'은 '쌀 케이크'이고, '볶이'란 프라이팬에 볶은 음식을 말하는 것인데 '떡볶이'를 만들기 위한 떡이 바로 '떡볶이 떡'이에요."

'떡볶이 떡'은 볶은 떡을 만들기 위한 떡이라는 식의 영어로 설명을 하고 나니 다시 우스운 설명이 되고 만다. 유난히 한국 노래와 드라마, 그리고 한국 음식을 좋아하는 학생들이 모여 있었던 이스트베이 분교 겨울학기 수업을 모두 마치고, 자신의 집에 노래방 기계가 있다고 자랑하던 태진아 씨의 집에 모여 떡볶이를 같이 만들고 노래방 기분을 내기로 하였다.

한국 식당이 가까이에 있는 사우스베이 본교의 학생들은 한국 식당에 가서 한국 음식을 한국어로 주문하고 한국 음식을 함께 먹을 수 있지만 한국 식당에서 멀리 떨어져 있는 이스트베이 분교의 경우는 한국 식당에 가는 프로그램을 진행하지 못하였다. 그런데 이번 학기에는 기꺼이 자신의 집에서 함께 떡볶이를 만들고 노래방 기계를 사용할 수 있도록 우리를 초청해준 태진아씨 덕분에 함께 떡볶이를 만들고 노래를 부르며 즐거운 시간을 보낼 수 있었던 것이다.

준비해 간 재료도 많을뿐더러 직접 만들어 보는 것이 좋을 듯싶어서 프라이팬 하나는 내가 시범을 보여주기 위해서 맡았고 다른 하나는 싱가포르 식당을 경영하는 전문 요리사 지선아 씨가 맡아서 떡볶이를 만들어 가기 시작했다. 역시 전문 요리사답게 보기에도 먹음직스런 떡볶이를 만들어냈다.

지선아 씨는 한국 요리뿐 아니라 한국 노래를 부르는 시간에도 진가를 발휘하였는데, 한국 사람들도 어렵다는 '왁스'의 노래들까지 섭렵하고 있었다. 특히 '화장을 고치고'를 부를 때에는 거기 모인 사람들의 탄성을 자아낼 정도의 실력을 갖추고 있었다. 노래방 기계 화면에 뜨는 한국어 가사들을 전혀 어려움 없이 읽어 내려가는 모습을 보면 영락없는 한국 사람 같았다.

지선아 씨도 자신의 집에 노래방 기계가 있는데, 태진아 씨의 집에 있는 노래방 업소용 기계가 훨씬 더 좋다고 당장 집에 돌아가면 바꾸겠다고도 했다.

지선아 씨는 일본 노래도 불렀는데 한 가지 재미있는 사실은 지선아 씨는 일본어를 전혀 읽을 줄 모른다고 했다. 그런데 어떻게 일본 노래를 부를 수 있느냐고 했더니, 하는 말이, 일본 노래 가사 밑에 뜨는 한국어 자막을 보고 일본 노래를 부른 것이라고 하면서 일본에 가서는 일본 노래를 하나도 못 불렀다고 하여 모두 함께 웃었다.

　태진아 씨는 자신의 애창곡이 가수 '태진아' 씨의 '동반자'라고 하면서 자신의 한국이름을 '태진아'로 정하겠다고 했던 백인 엔지니어이다.

　한국에 출장 차 다섯 번 정도 다녀오면서 한국 음식과 음악을 좋아하게 되었고, 지금도 새로운 좋은 곡들이 나오면 CD로 사서 듣고 집에 있는 노래방 기계로 연습하고 있다고 했다. 그러한 태진아 씨의 한국 가요 사랑은 한국 음식 사랑으로 이어진다. 태진아 씨의 집 냉장고에는 김치가 들어있었고 태진아 씨는 하루도 김치 없이는 밥을 못 먹는다고 하여 혹시 부인이 한국 사람인가 하는 의혹이 들었지만 태진아 씨의 부인은 역시 백인 간호사로 거의 요리를 태진아 씨가 맡기 때문에 아주 즐겨하지는 않지만 함께 김치를 먹는다고 했다.

함께 떡볶이를 만들던 그날도 바비큐를 하겠다고 한국 갈비를 재워놓아서 사람들을 놀라게 하였고, 찬장에서 한국 고추장이 발견되어 그의 한국 음식 사랑을 다시 한 번 보여주기도 하였다.

태진아 씨는 <도전 1000곡>의 애청자이다. 태진아 씨는 <도전 1000곡>을 보면서 한국어를 연습한다고 한다.

이 프로그램에서는 노래 자막이 나오기 때문에 따라 부르기가 쉽고 출연자들이 가사를 못 외워서 당황하는 모습들이 재미있다고 했다.

마침 그날도 <도전 1000곡>을 틀어놓고 있었는데 거기서 가수 '김건모' 씨의 '잘못된 만남'이 나오고 있었다. 그 노래는

앞부분이 랩으로 되어 있고 속도도 아주 빨라서 따라 부르기가 힘들었는지 나에게 불러보라고 해서 진땀을 빼기도 하였다.

"선생님! 여기에 나오는 말이 무슨 말인지 모르겠어요."

"어떤 거요?"

"이거요, 이거."

태진아 씨가 가리키는 것을 본 순간 나는 폭소를 터뜨릴 수밖에 없었다. 그것은 바로 노래방 기계 화면에 뜬 '저희 업소를 찾아주셔서 감사합니다 다음에 또 오세요'라는 문구였기 때문이다.

좋은 음질과 좋은 배경 화면을 원한 태진아 씨는 직접 로스엔젤레스까지 가서 노래방 업소용 기계를 구입해 왔기 때문에 그 문구가 화면에 뜬 것이었다. 이렇게 10주간의 마지막 수업은 모두 즐겁게 끝이 나고 다음 학기에 다시 만날 것을 약속하며 헤어졌다. 집으로 돌아오는 길에 한국어 선생님으로서 학생들을 위해서 떡볶이도 더 잘 만들어야겠고, 랩도 연습해서 학생들에게 실망을 주어서는 안 되겠다는 다짐을 하며 이렇게 한국 음식과 한국 음악을 사랑해주는 한국인이 아닌 한국어 학생들에게 감사하다는 생각을 하였다.

하루에 세 번 부인에게
커피 만들어줘요

어드로이트 칼리지의 겨울학기 종업식이 밀피타스에 위치한 어드로이트 칼리지의 새 캠퍼스에서 열렸다. 각자 준비해 온 한국 음식을 모두 함께 나누고 10주 동안 배운 것을 발표하는 시간을 가졌다. 간단히 자신의 소개를 한 기초 1반 학생들로부터 자신의 취미 생활을 실물을 가져와서 발표한 중급반 학생들까지 한 학기 동안 연마한 한국어 실력을 가족들과 친구들 앞에서 발표하는 순서도 가졌다. 출장 관계로 종업식에 참석하지 못한 밥 드와트^{한국 이름 유대봉} 씨는 미리 '제 수요일'이라는 제목의 발표 장면을 녹화하여 종업식에 참여하기도 하였고, 대부분 실리콘밸리 컴퓨터 회사에 근무하는 학생들답게 파워포인트를 준비해 와서 시청각 자료를 사용하여 발표를 하였다.

유대봉 씨의 발표 내용을 살펴 보면 아침 5시에 일어나서 밤 11시에 잠들기까지의 수요일의 하루 일과를 '제 수요일'이라는 제목으로 발표를 하였다. 사실, 유대봉 씨는 한 번도 수업이나 행사에 빠진 적이 없는데 이번에는 부득이하게 종업식에 참석할 수 없게 되어서 그 전 주에 미리 녹화를 해서 종업식에 참석한 학생들에게 발표를 한 것이다. 그 발표 내용 중에 재미있는 부분이 있는데, 아침에 일어나자마자 화장실을 두 번 가고 부인에게 커피를 두 번 만들어서 갖다 주고, 회사에 가기 전에 스타벅스에 들러서 다시 커피를 마시고 일을 마친 후 다시 새 커피를 만들어서 부인에게 갖다 준다고 한다.

하루에 세 번 부인에게 커피를 만들어서 가져다주는 남편이 흔하지는 않을 터, 유대봉 씨의 발표 내용을 화면으로 접한 다른 학생들은 놀라움을 금치 못했고, 화장실 가는 이야기가 여러 번 반복되고 그 내용까지 하루 일과에 넣은 것에 폭소를 터뜨리기도 했다. 사실, 발표를 녹화하기 전에 그 내용을 보고 화장실 가는 이야기나 커피 만들어서 부인에게 갖다 주는 내용은 한 번씩만 넣는 것이 어떻겠느냐고 권유를 했지만 본인은 그렇게 화장실

가고 부인에게 세 번씩 커피를 가져다주니까 그렇게 하겠다고 고집을 부리기도 했다.

종업식에서 또 한 명 눈에 띄는 학생은 휴렛패커드에 다니는 배승희 씨인데, 배승희 씨는 중국인 남편과의 사이에 예쁜 딸을 둔 백인 학생이다. 발표가 시작되기 전에 함께 음식을 나누고 있는데 무슨 일인지 배승희 씨는 음식을 전혀 입에 대지도 않았다. '너무 떨려서 아무 것도 못 먹겠다'는 것이었다. 맘 푹 놓고 먹으라고 했지만 결국 발표가 끝날 때까지는 아무 것도 먹지 못했다.

기초 1반 배승희 씨는 자신의 소개를 컴퓨터 업계 종사자답게 파워포인트로 만들어와서 발표를 하였다. 그런데 자신의 딸 사진부터 자신이 살고 있는 곳의 지도와 좋아하는 한국 음식 사진 등을 가지고 멋지게 난생 처음 하는 한국어 발표를 마치고 많은 사람들의 박수를 받았다.

한 사람씩 발표가 끝난 후에는 영어 이름과 한국 이름이 모두 적힌 수료증을 받았으며 특별히 1년 동안 어드로이트 칼리지의 행정을 돕고 웹사이트를 관리해 오면서 한국어를 공부해왔던 웨이넬 유_{한국 이름 유미애} 씨에게 감사장을 수여하기도 했다. 유미애 씨는 하와이에서 태어난 일본인 4세로 1.5세 한국인 남편과 결혼한 학생인데 휴렛패커드에서 일하다가 이번에 하와이로 돌아가게 되어 어드로이트 칼리지를 떠나게 되었다.

유미애 씨는 본교에서 가장 뛰어난 학생 중 한 사람이다. 기초 1반부터 시작하지 않고 좀 높은 반부터 시작한 한인 2세 학생들의 경우에는 읽기와 쓰기가 많이 떨어지는데 유미애 씨의 경우에는 그들과 견주어 듣기, 말하기, 읽기, 쓰기 실력을 골고루 갖추고 있다. 유미애 씨가 매주 써 온 저널을 읽는 것은 색다른 재미가 있다. 다른 학생들의 저널에선 많은 오류들이 발견되곤 하는데 유미애 씨의 저널에서는 거의 맞춤법이나 문법 오류를 찾아보기 힘들었다. 본교에서 공부하기 시작한지 1년이 지난 지금에는 웬만한 사무적인 내용도 한국어로 전화 통화가 가능하다. 읽기 능력에 있어서는 나의 산문집『한국어 사세요~!』출판 기념회에서 내 글을 낭독할 정도의 실력이라면 어느 정도인지 짐작할 수 있을 것이다. 특히, 유미애 씨는 이날 한복을 곱게 입고 참석하여 주위 사람들의 시선을 끌었다. 하와이에 가서도 한국어 공부를 계속 하고 싶다는 유미애 씨에게 감사장과 더불어 한영사전을 선물로 수여하였다.

　매 학기 종업식 때마다 학생들은 한국어 발표를 준비하면서 자신의 한국어가 발전하였음을 실감하게 된다.

　특히 자신들의 가족이나 친구들 앞에서 그동안 연마한 한국어 실력을 뽐낼 수 있는 기회가 되어서 상기된 얼굴들을 볼 수 있고, 매 학기 점점 더 다양해져가는 발표 방법들에서 학생들의 발전을 느낄 수 있다.

　이제 다시 새로운 한 학기가 시작될 것이다. 또 어떤 새로운 학생들이 한국어 수업을 찾을 지 흥분된 기분을 감출 수 없다.

한국 식당에선
한국말만 해 주세요!

　설레는 맘으로 시작한 봄 학기가 지나고 그동안 배운 것을 실습하러 한국 식당으로 향했다. '안녕히 가세요'와 '안녕히 계세요'의 차이도 모르던 학생들이 이제는 의젓하게 한국어로 한국 음식을 주문하고, '물 좀 더 주세요'라는 말로 청할 줄도 알게 되었다는 사실에 가슴이 뿌듯해 왔다.

　처음에 초급 2반 학생들이 주축이 되어서 한국 식당에 가자는 이야기가 나왔고, 과외 시간에 하는 수업이라서 빠지는 학생들이 생겨났다.

　그를 보충하는 의미에서 아직 조금은 부족하지만 초급 1반 학생들도 끼워주기로 한 것인데, 주객이 전도되어서 초급 1반 학생들이 더 많이 참석하게 되었다.

한국인 약혼자와 함께 참석한 미국 학생 김대영 씨, 중국인 어머니를 모시고 참석한 브라질 학생 강만석 씨, 아리랑 노래를 너무 좋아해서 노래방에서 세 번이나 부른 중국 학생 왕중화 씨, 언제나 조용조용히 말을 하는 유대인 학생 정성운 씨, 터키어와 한국어의 공통점을 찾기 좋아하는 터키 학생 김한기 씨, '슈퍼주니어'를 아주 좋아하는 필리핀 학생 김정미 씨, '빅뱅'의 태양에게 생일 축하 메시지를 보내고 싶다는 필리핀 학생 강수진 씨, 그리고 하와이계 중국인 아버지와 한국인 어머니 사이의 혼혈인 구희진 씨, 이렇게 11명이 모였다.

영어를 배우고 있다는 식당의 한국인 종업원에게 희진 씨가 먼저 말을 건넨다.

"한국말만 해 주세요."

"왜요?"

"저희는 한국어 학생이에요. 여기에 한국어 공부하러 왔어요."

여기까지는 교실에서 연습한 대로 잘 되었다. 그런데 문제는 다음부터였다. 학교에서 배운 말만 할 수 있는 우리 학생들에게 종업원이 유창한 한국어를 쏟아냈기 때문이었다. 모두들 어리둥절해 하고 있는데, 재치있게 왕중화 씨가 말을 한다.

"천천히 말씀해 주세요."

그런데 그 말이 더 이상했는지 김대영 씨의 약혼녀가 그 말을 '천천히 많이 드세요'로 알아듣고 어리둥절해 하며 "왓 디듀 세이What did you say? -뭐라고 하셨어요?)"라고 영어로 하여 한국어만 하기로 한 규칙이 깨지고 말았다.

한 사람씩 자신이 먹고 싶은 음식을 어눌하지만 그래도 알아들을 만하게 주문하고 난생 처음 한국어로 주문한 음식을 흥분된 마음으로 기다리며 서로 한국어로 자기 소개하는 시간을 가졌다.

초급 2반 학생들은 초급 1반 학생들보다 조금 더 배웠다고 좀 더 자세하게 자신을 소개하였고, 잘못 알아듣는 초급 1반 학생들에게 친절하게 설명까지 해 주는 모습도 보였다. "찬물 좀 주세요.", "물 좀 더 주세요.", "반찬 좀 더 주세요.", "잘 먹었습니다.", "계산서 주세요.", "크레딧 카드도 받으세요?" 등등의 말들을 준비해 갔는데, 막상 하려니까 생각이 잘 나지 않고, 푸짐하게 알아서 가져다주신 반찬 덕분에 '반찬 좀 더 주세요'는 끝내 못 해보고 말았다. 그래도 '물 좀 더 주세요', '잘 먹었습니다', '계산서 주세요' 등의 말들은 훌륭하게 해서 종업원에게 칭찬을 받기도 했다.

　밥을 먹으면서도 왕중화 씨와 김대영 씨, 김한기 씨는 자신이 알고 있는 한국 역사에 대해서 이야기꽃을 피웠다. 그래서인지 김대영 씨는 <주몽>, <불멸의 이순신> 등 역사 드라마를 모두 보았고, 가끔 거기서 나오는 대사를 수업 시간에 말해서 폭소를 터뜨리게 하기도 한다.

　그 중 유명한 것이 바로 '죽여주십시오!'인데 그 억양까지 똑같이 흉내내서 교실이 웃음바다가 되곤 한다. 그런데 대부분 잘못 알고 있는 부분들이 많아서 올바른 한국 역사 교육의 필요성을 느끼게 하기도 하였다. 특히, 중국 학생 왕중화 씨는 중국 중심의 한국 역사를 알고 있고, 정확하지 않은 인터넷 정보들을 가지고 다른 학생들에게 확신에 차서 이야기를 하곤 해서 나를 당황하게 만들기도 하였다. 김대영 씨는 자신이 본 드라마들이 모두 역사적 사실인 양 알고 있는 듯해서 조심스럽기도 했다.

김대영 씨는 한국어를 전혀 모를 때도 약혼녀에게 한국어로 청혼했다고 한다. 약혼녀의 오빠가 한국어 발음을 영어로 써서 이메일로 보낸 후에 전화로 딱 한 번 교정 받고 시도한 청혼을, 안타깝게도 그 약혼녀는 전혀 알아들을 수가 없었다고 한다. 그도 그럴 것이 "저와 혼해 주세요"라고 했다고 하니 진지한 청혼 자리에서 웃음을 터뜨릴 수밖에 없었다고 한다. 또, 김대영씨의 한국인 약혼녀가 김대영 씨가 한국 숫자에 대해서 알고 있다고 하면서 자신을 처음 만났을 때, 1부터 100까지 한국어로 셀 수 있다고 해서 놀랐다는 이야기를 했다. 그러자 김대영 씨는 손가락을 꼽아가며 '하나, 둘, 셋, 넷, 다섯, 여섯…' 이렇게 열까지 센 후, 다시 '하나, 둘, 셋, 넷…'을 반복하는 것이었다. 그때 한국인 약혼녀가 '하나, 둘, 셋, 넷, 다, 여, 일곱, 여덟…' 이렇게 세는 모습을 보았다.

우리가 어렸을 때, 흔히 '다섯, 여섯'을 '다, 여'로 세곤 했는데, 그 약혼녀가 그렇게 세는 것이었다. 그리고 약혼녀가 김대영 씨에게 "맛있어?", "쪼금 매워" 등의 표현을 써서 김대영 씨가 이상하게 생각하였다.

"약혼자에게는 '맛있어요?'라고 하셔야지요."

"네. 그런데 한국에서는 아무도 '조금'이나 '좀'이라고 안 해요. 다 '쪼금'이라고 하지요."

이렇게 한국어를 배우는 외국 사람과 한국인 배우자 혹은 연인 사이에서는 정확한 한국어와 평소 사용하는 한국어 사이에 혼동이 오곤 한다.

얼마나 우리 한국어 모국어 화자들이 정확한 한국어를 사용하지 않는가를 여실히 보여주는 증거일 것이다.

선생님은 선생님이니까 내지 말라고 하면서 한 학기 동안 잘 가르쳐줘서 고맙다고 대접한다고 하는 말에 노래방 값은 내가 내기로 하고 근처 노래방을 식당 종업원에게 물어서 모두 그곳으로 가기로 했다. 길 안내법을 배운 초급 2반 학생들은 당당히 한국어로 노래방이 어디 있냐고 물어서 모두 무사히 노래방에 도착할 수 있었다.

우리가 만든 송편 어때요?

해마다 외국인들을 위한 추석 행사를 해왔다. 학생들에게 추석에 대해서 즐거운 추억을 만들어 주고자 시작한 것이 여기까지 온 것이다.

먼저 준비된 비빔밥 재료를 각자 넣어서 맛있게 비빔밥을 먹은 후 '추석' 에 대한 파워포인트와 인쇄물로 추석이 무엇이며 추석에는 어떤 것을 먹고 어떤 일들을 하는지에 대해서 알아보는 시간을 가졌다.

그 후에는 추석 잔치의 하이라이트인 송편 만들기를 하였는데 미리 준비된 반죽으로 반달 모양의 예쁜 송편을 빚으려 노력하였다. 참석자 중 옷감을 직물하는 일본 사람 한미경 씨의 송편 빚는 솜씨는 모인 사람들의 박수를 받기에 충분했다.

　"송편을 예쁘게 빚으면 예쁜 딸을 낳을 수 있다"는 설명을 들으면서 왜 아들에 대한 이야기는 없는지에 대해서 궁금해 하기도 하였다.

　한국에서 구입한 한복을 입고 와서 추석 분위기를 내준 혼혈인 미나 씨 모자는 비녀와 복건까지 갖춘 모습으로 한복의 아름다움을 과시하였고 아들 카이는 엄마가 말하는 한국어를 능숙하게 알아듣는 모습을 보여 참석한 사람들을 놀라게 하였다.

만들어진 송편을 찌는 동안 한복을 입어 보고 절하는 법을 배우기도 하였는데 큰절을 할 때는 혼자 일어나지 못하여 엉덩방아를 찧는 등 우스운 모습을 연출해 내기도 했다. 그동안 여러 사람들이 기부해준 한복 덕분에 외국 학생들이 한복을 입어볼 수 있는 기회를 갖게 된 것이 정말 기뻤다.

　　특별히 이번 학기에 부인은 팔로알토 분교에서, 남편은 밀피타스 분교에서 기초 1반 수업을 들은 미국인 부부 서보미 씨 박수명 씨는 12월에 한국에서 입양할 딸을 데려오기 전에 미리 한국어와 한국문화를 배우고 싶어서 한국어를 배우게 된 사람들이다.

　서보미 씨는 스탠포드 대학교에서 커뮤니케이션과 리더십을 강의하는 교수이고 박수명 씨는 컴퓨터 엔지니어이다. 서보미 씨는 매일 입양할 딸에게 편지를 쓰는데 점점 한국어 단어가 늘어났고 학기 말에는 한국어로 편지를 쓸 수 있게 되었다. 이들 부부는 이후 한국으로 자전거 여행을 떠날 계획을 하고 한국어로 명함을 제작하는 등 흥분된 기색을 감추지 못 했다.

　매년 행사를 준비하는 것이 힘들지만 추석을 통해 한국문화를 배우는 학생들을 보면 도저히 그만둘 수 없다는 생각을 하며 나름의 명절증후군을 겪는다는 행복한 푸념을 하게 된다.

기다리는 사람이 있어서
여는 잔치

"후원자도 없고 여러 가지로 힘든 것 같은데 올해는 설날 잔치를 안 하고 넘어가면 안 될까?"

"그래도 기다리는 사람들이 있는데 힘들어도 해야지요."

매년 설날이 되면 남편과 나누는 대화 내용이다. 학교를 시작하면서부터 한 해도 거르지 않고 외국인들과 함께 하는 설날 잔치를 개최해 오면서 그만 할까 하고 고민한 적이 없었다면 거짓말일 것이다.

다행히 비영리단체인 한국어교육재단을 설립해서 재단 측에서 한국문화 행사를 하다 보니 여러 자원봉사자들도 생겨나서 적어도 떡국 끓이는 일에서 벗어나긴 했지만 해마다 칠팔십 명의 손님들을 초대하고 윷놀이를 준비하고 세뱃돈과 복주머니를 준비하면서 세배 받으실 어르신들을 초대하고 축사해 주실 분들 섭외하고 자원봉사자들을 챙기는 일이 만만치 않은 것은 사실이다.

그뿐이 아니다. 공연자들을 섭외하고 음향에 조명에 사회자 대본을 쓰는 일까지도 우리의 몫이다. 음식에 쓸 일회용 숟가락과 나무젓가락 그리고 종이 접시와 그릇과 냅킨은 물론이고 마실 물과 컵까지 하나하나 신경써야 할 것들이 한 두 가지가 아니다. 준비 과정 뿐 아니라 행사 후에 뒷정리와 자원봉사자들에게 감사장을 전달하는 일까지 여간 신경써야 하는 부분이 많은 것이 아니다. 그러다보니 행사를 마치고나서는 앓아눕는 일이 예사가 되었고 행사 개최를 만류하는 남편이 이해가 가기도 한다.

그럼에도 불구하고 본 재단의 설날잔치를 기다리는 사람들이 있어서 올해도 어김없이 설날 잔치를 개최했다. 올해 행사는 미국 스포츠의 꽃이라 불리는 '슈퍼볼' 행사가 우리 지역에서 개최되어서 부득이 일주일을 연기하여 음력 설날이 한참 지난 후에 개최했다. 행사에는 샌프란시스코 총영사관의 부총영사님과 라이더스 그룹 회장님을 비롯 50여명이 참석해 즐거운 시간을 가졌다.

이날 행사는 총 3부로 구성되어 진행되었는데 전통무용가의 삼고무로 행사의 막을 연 후 어드로이트 칼리지 앙상블의 '당신을 향한 노래' 중창과 밀피타스 고등학교 한인학생회의 케이팝 공연이 사전 공연으로 선보였다. 1부에서는 국민의례가 있었고 부총영사님과 라이더스 그룹 회장님의 축사가 있었고 다같이 '설날 노래'를 합창하기도 했다.

필자는 기념식에서 "그만하고 싶을 때도 있지만 본 행사를 통해서 즐거워하고 한국 문화를 배울 수 있어서 고맙다고 말해주는 외국인들 때문에 그만둘 수가 없고 앞으로도 지속적으로 한국 문화 행사들을 개최하겠다."라는 인삿말을 전하며 이 행사를 위해서 물심양면으로 후원해 주신 여러 후원자분들과 자원봉사자분들에게 감사하다고 말씀드렸다.

라이더스 그룹 회장님은 축사를 통해서 "외국인들로만 구성된 중창단이 한국 노래를 부르는 모습은 정말 감격스럽다."면서 "한국어교육재단의 발전을 통해서 주류 사회에 한국문화가 더욱 잘 전파되길 바란다."고 했다.

　재단 측은 본 행사를 후원해 준 단체들에게 손수 제작한 감사장을 전달하였고 어드로이트 칼리지 앙상블의 '아리랑'과 전통무용가의 '화관무'가 축하 순서로 이어졌다.

　2부는 친교실에서 떡국과 불고기 잡채 등 한국음식으로 저녁 식사를 했고 이어진 3부에서는 한국 설문화 체험 행사로서 각 부스로 운영되었다. 참가자들은 한복을 입고 세배를 배워서 참석한 롸이더스 그룹 회원들에게 세배를 하고 재단 측에서 마련한 복주머니를 받았으며 사모와 족두리를 쓰고 병풍 앞에서 기념촬영을 하기도 했다.

　또한 윷놀이를 할 수 있는 부스도 마련되어 타인종 참가자들과 한인 봉사자들이 어울려 신명나는 윷놀이를 즐겼으며 노리개와 제기 등을 직접 만들어 보는 부스도 마련되어 인기를 끌었다.

　작년 김치 만들기 행사 때부터 한국에서 입양한 딸과 함께 참여한 백인 학생 홍용재 씨 가족은 "이러한 한국 문화 행사를 통해서 딸과 우리 가족이 한국 문화를 배울 수 있어서 기쁘다."고 소감을 말했는데 한인 2세인 부인은 약식을 직접 만들어와 참가자들의 많은 박수를 받기도 했다. 김치 만드는 법을 배우고 한글의 소중함을 깨달으며 한국 설 문화를 배울 수 있어서 좋다며 설날 행사를 기다렸다고 했다.

홍용재 씨는 언어 학습이 좀 더딘 학생이지만 입양한 딸에게 한국어로 대화할 수 있기를 바라는 마음에 열심히 한국어를 공부하고 있는 학생이다.

자신의 딸이 한국 문화와 한국어를 지속적으로 배워갈 수 있도록 종일 한국말만 하는 유치원에 보내고 있다는 홍용재 씨는 누구보다도 한국 문화 행사를 즐기는 사람이다. 이러한 홍용재 씨와 같은 외국인들이 있어서 '이제 그만할까?'라고 생각했던 마음이 미안하게 생각되는 것일 것이다.

아마도 내년에도 똑같은 고민을 하겠지만 또 제2의 홍용재 씨들을 위해서 설날 잔치를 개최할 것이다.

4부

한국어
홍보대사

66

세종대왕의 한글창제 의미는

누구나 쉽게 배워 널리 사용하는 것에 있다.

99

한국어로만 노래해요

매주 화요일 밤 모든 수업이 끝난 강의실에서는 피아노 소리가 들리고 한국어로만 노래하는 외국인들이 "안녕하세요?"라는 인사와 함께 모여든다. 이들은 얼굴색도 모국어도 다른 비한국계 미국인들이고 직업도 회사 매니저부터 엔지니어, 간호사 등 다양한 사람들이다.

이들이 그렇게 늦은 시간에도 불구하고 학교를 찾는 단 한 가지 이유는 한국어 노래 연습을 하기 위함이다. 이들의 또 하나의 공통점이 있다면 어드로이트 칼리지 한국어 프로그램 재학생이거나 혹은 졸업생이라는 점이다. 그래서 이름도 '어드로이트 칼리지 앙상블'이다.

사실 중창단 이름을 정할 때도 중창단의 특성을 나타내는 이름을 지으려고 많이 노력했지만 결국 외국인들에게 한국어를 가르치는 본교 이름을 따서 '어드로이트 칼리지 앙상블'이라고 부르게 된 것이다.

이들이 부르는 노래 또한 다양하다. '개구리와 올챙이', '고향의 봄' 등 한국 동요부터 '아리랑'과 같은 한국 민요, 그리고 '내가 만일', '사랑을 위하여' 등 한국 가요, 그리고 '이 믿음 더욱 굳세라' 등과 같은 성가곡, 그리고 '10월의 어느 멋진 날에'와 같은 가곡을 부르는데 원곡이 어느 나라 곡이든 꼭 한국어로 부른다. 또한 '한글 노래', '직지를 찾아서', '아이 러브 김치 송' 등 한국 문화 관련해서 창작한 노래들도 부르는데 이는 필자가 '한글날 기념식', '김치 만들기 행사 아이 러브 김치', '직지의 날' 등 행사에 맞춰서 만든 노래들이다.

이들이 한국어로 노래하기 시작한 것에는 케이팝의 영향이 매우 컸다. 슈퍼쥬니어의 열렬한 팬임을 자처하는 중국계 미국인 주유진 씨부터 노래방에 가면 한국 노래로만 두 시간 내내 끊기지 않고 부를 수 있는 백인 신니모 씨와 가나 사람 성아름 씨 등은 케이팝 열성 팬들이다. 케이팝과 한국 드라마를 좋아하면서 한국어를 배우게 되고 한국 문화에 관심을 갖게 되고 한 발짝 더 나아가 한국어로 노래를 부르게 된 것이다. 그런데 놀라운 사실은 이들 중 반 이상이 악보를 보지 못 한다는 점이다. 그래서 항상 연습 시간에 자신의 파트를 핸드폰으로 녹음을 하고 그것으로 일주일 동안 들으면서 연습을 해서 그 다음 주에는 완벽히 자신의 파트를 소화해낸다는 사실이다.

지난 해 이들이 처음으로 마련한 음악회는 전곡 한국어로 부른 노래로 꾸몄는데 음악회에 참석한 한인 청중은 "40년 전 처음 이민 왔을 때는 영어를 못하고 미국 문화를 몰라서 서러운 일을 많이 겪었는데 이제 한국이 많이 발전해서 외국인들이 한국어를 배우고 한국 노래를 배워서 부르는 모습을 보니 감개무량하다."며 눈물을 흘리기도 했다. 한복을 입고 족두리와 사모를 쓰고 한국어로 부르는 외국인들의 모습에 무척 감명을 받으신 것 같았다.

한국 사람들이 한국어를 좋아하고 한국문화를 사랑하는 것은 어쩌면 당연한 일이나 한국 사람들이 한국 문화의 우수성을 미국 사회에 전하고자 하는 마음은 민족적인 것으로 비쳐질 수 있으므로 그렇게 접근해서는 안 되며 다문화 사회에서 함께 공유하는 방식으로 다가가야 한다. 특히 한국문화를 좋아하고 잘 아는 사람들로 하여금 한국문화를 전파하게 하는 것이야말로 효과적인 방법이라 할 수 있다. 그러한 맥락에서 외국사람들로 구성되었으나 한국어로만 노래하는 '어드로이트 칼리지 앙상블'은 미국 주류사회에 한국 문화를 전파하는 훌륭한 도구로 쓰임 받을 것이다.

오는 토요일에 있을 외국인들을 위한 설날 잔치에서 공연할 새롭게 편곡된 '아리랑'과 율동까지 곁들인 '당신을 향한 계획' 연습을 위해 이들은 다시 발걸음을 학교로 향할 것이며 그들의 한국 문화 사랑의 울림은 널리 퍼져 나갈 것이다.

핑크 라운드
네크 티셔츠로 주세요

언어학에서는 문법을 위한 언어가 아닌, 실제로 사람들이 사용하는 언어라는 뜻에서 '진짜 언어authentic language'라는 말을 쓴다.

한국어의 경우에도 우리가 규범적으로 학교에서 배우는 한국어와 직접 사람들이 사용하는 한국어가 많이 다르다.

성인으로서 한국어를 배우려는 사람들은 대부분 실제로 사용되는 말을 배우고 싶어 한다. 이들을 위해 한국에 가서 여러 실제 대화를 녹음해 본 적이 있다.

그 중 한 시장의 옷가게에서 손님과 주인이 나눈 내용인데 잠시 소개하면 다음과 같다.

손님: "저기 있는 핑크 티셔츠는 얼마예요?"

주인: "그거 2만원이에요."

손님: "저 스타일 말고는 없어요?"

주인: "칼라 안 달린 라운드 네크도 있어요."

손님: "그럼, 그 핑크 라운드 네크 티셔츠로 주세요."

이 내용을 학생들에게 가르칠 수 있을까? 순간 고민이 됐다. 이 대화만 들어보면 한국어는 한국 문장에 영어 단어를 끼어 넣는 것으로 보일 수 있겠다는 생각까지 들었다.

또한, 한국 텔레비전 프로그램 제목들을 보다보면, 정말 알 수 없는 언어의 조합들을 많이 볼 수 있다. 그것도 사라져가는 한국 단어들을 공부한다는 취지의 프로그램의 제목까지도 영어 단어들이 섞여 있는 것을 볼 수 있다. 영어 단어들을 그대로 소리 나는대로 써 놓은 경우도 있고, 한국어와 조합시켜서 새로운 말을 만들어내기도 했다.

최현배 선생님처럼 모든 말을 순수 한국어로 풀어서 '이화여자대학교'를 '배꽃계집 큰 배움터'로 쓰자는 이야기가 아니다. 요즘 무분별하게 생성되거나 널리 사용되는 외국어 또는 외래어들의 남용에 대해 이야기하는 것이다. 이렇게 한국어가 혼탁해진 데에는 언론, 특히 TV 프로그램의 영향을 무시할 수 없다.

시청자들의 시선을 집중하게 하기 위해서 좀 더 자극적이고 강렬한 제목들을 찾다보니 그렇게 되기도 했겠지만, 제목만 들어서는 무엇을 하는 프로그램인지 그 프로그램의 성격이 어떠한 것인지 전혀 알 길이 없고, 한국어도 아니고 영어도 아니고, 그렇다고 다른 외국어도 아닌 알 수 없는 단어들의 조합으로 이루어진 제목들을 볼 때, 한 번 더 생각해서 좀 더 신선하고 효과적인 우리 말을 이용한 제목들을 사용하면 어떨까 하는 생각을 해 본다.

프로그램들의 이름을 대충 살펴보면, 세 가지 정도로 구분할 수 있는데 그 내용은 다음과 같다.

우선, '해피 선데이, 해피 투게더, 빅쇼, 더 뮤지션, 뮤직뱅크, 스타 골든벨, 스펀지, 쇼 파워 비디오, 러브레터, 개그콘서트, NG 스페셜 해피 타임, 슈퍼! 바이킹, 무비월드, 비타민, 빅마마, TV 서프라이즈' 등과 같이 영어를 그대로 쓰거나 두 개의 영어 단어를 조합하여 만든 제목들이 있다.

이들 제목들 중에 '더 뮤지션'이나 '무비 월드' 등은 한국어가 있음에도 불구하고 영어 제목이 좀 더 세련되어 보인다는 착각에서 만든 제목 같다.

특히, '더 뮤지션'의 경우에는 영어의 명사 뿐 아니라 정관사인 'the'까지 그대로 한국어 표기법으로 써서 거부감을 갖게 하는 경우라 하겠고, '무비 월드'의 경우도 '영화 세상'이라고 하여도 전혀 문제 될 것이 없을텐데 하는 아쉬움을 갖게 하는 제목들이다. '쇼바이벌'의 경우에는 아마도 '쇼'와 '서바이벌'의 결합인 것 같은데, 이제 영어 단어까지 만들어내려 하는 대단한 도전으로 보인다.

다음은 영어와 한국어, 혹은 한자어와의 결합으로 이루어진 제목들로 '거침없이 하이킥, 섹션 TV 연예통신, 콘서트 7080, 퀴즈 대한민국, 감성매거진 행복한 오후, 경제 비타민, 위기탈출 넘버원, 쇼! 음악중심, 일요일이 좋다 하자 GO, 진실게임, 놀라운 대회 스타킹 ' 등이 여기에 속한다.

이중에는 이미 외래어로 굳어져 널리 쓰이는 '개그, 콘서트, 퀴즈, 클럽, 비타민, 쇼, 스타'등의 단어들도 있지만, '플러스, 하이킥, 섹션, 매거진, 그랑프리쇼, 넘버원, 로그인'등의 단어들을 한국 단어들과 결합시켜 사용한 사례도 많았다.

그중에서도 '섹션 TV 연예통신'에서의 '섹션'이 무엇을 의미하는 것인지, 그리고 '그랑프리쇼'는 어떤 것을 내포하고 있는지,

'상상플러스'는 잊혀져가는 한국 단어를 공부하자는 취지에서 만든 프로그램이라고 하면서 프로그램 제목이나 코너 제목을 꼭 '상상플러스'나 '올드 앤 뉴'라고 해야 하는지 의문이 간다.

마지막으로 한국 단어들을 아름답게 잘 사용하여서 시청자들로 하여금 제목만 들어도 그 프로그램의 성격을 알 수 있는 좋은 제목들도 있다. '느낌표, 여유만만, 미녀들의 수다, 요리조리 맛술사, 가족오락관, 가요무대, 열린음악회, 연예가 중계, 영화가 좋다, 무한도전, 놀러와, 일요일 일요일밤에, 황금어장, 뽀뽀뽀 아이조아, 인기가요, 좋은 아침, 음악공간'등이 한국어로 구성된 제목들이다.

이 중에서 '뽀뽀뽀 아이조아'와 같은 경우에는 아직 한글을 채 깨우치지 못 한 미취학 아동들을 대상으로 하는 프로그램으로써 '아이 좋아'의 철자법을 귀엽게 들리게 한다는 취지에서 '아이조아'로 쓴 것으로 보이는데, 이는 아이들로 하여금 철자법의 오류를 가져오게 하는 잘못된 생각으로 보이고, '웃찾사'와 같은 경우도 요즘같이 말 줄이는 것을 아무렇지도 않게 생각하는 세대에 불을 붙이는 결과를 가져올 수 있다고 생각한다.

여기서 내가 좋아하는 제목은 '놀러와, 가족오락관, 웃음충전소,

열린 음악회, 음악 공간' 등인데, 신선하면서도 프로그램의 성격을 정확히 나타내주는 좋은 제목들이라 할 수 있을 것이다.

이렇게 신선하고 멋진 프로그램 제목들이 많이 나와서 외래어로 물들어가는 한국어에 희망을 가져다 줄 수 있었으면 하는 바람을 가져본다.

본교 한국어 교실의 필리핀 학생 강수진 씨의 말을 빌어보면, 필리핀의 고유어들이 이제는 거의 사라지고, 말은 남아 있지만, 단어들은 거의 영어 단어들을 쓴다고 한다. 이 현상은 일본에서도 마찬가지인데 한국도 점차 그렇게 되어 가는 것 같아서 안타깝다.

또 다른 중국계 미국인 학생 왕중화 씨는 한자어로 된 한국 단어들이 나올 때마다 '중국어와 비슷하다, 일본어와 비슷하다' 라고 하면서 다른 학생들에게 한국어의 대부분 단어가 중국에서 간 것이라고 이야기하곤 한다.

그러한 이야기를 들을 때마다 부정하고 싶지만 사실이기에 그럴 수 없는 경우가 많다. 이제 10년, 20년이 지나서 한국어를 배우는 영어권 학생들이 한국어가 영어 단어로 이루어진 언어라 착각을 할까 겁이 난다.

'네비게이션'보다
'길 도우미' 어때요?

"오늘 집에 가서서 이번 수업 시간에 배운 각종 가전제품에 이름들을 붙여 놓으세요. 세탁기, 냉장고, 다리미, 청소기… 이렇게요."

"그런 건 저하고는 상관없어요. 저는 몰라도 돼요. 그건 다 제 아내하고 관계 있는 일이에요. 저는 컴퓨터, 오디오 이런 것만 알면 돼요."

소문난 애처가 유대봉 씨가 이렇게 이야기한 것은 물론 농담이라는 것을 모두들 알고 있었다. 지난번에 학교에서 집까지의 거리를 이야기하는 부분을 배울 때, 자신의 집이 바로 학교 옆에 있다고 해서 다른 학생들에게 웃음을 선사하기도 했기에 이번에도 당연히 숙제를 하기 싫어서 한 말이라고 생각했다. 그런데, 갑자기 유대봉씨가 말을 덧붙였다.

"저는 디쉬워셔dishwasher예요."

"디쉬워셔? 아, 식기세척기요?"

"식기 세... 뭐라고요?"

"식기세척기요. 식기는 밥 먹는 그릇이라는 뜻이고, 세척은 닦는다는 뜻이에요. 지난주에 '세차장' 배웠지요?"

"아... 네. 그럼 '기'는 무슨 뜻이에요?"

"'기계'란 뜻이에요. 그러니까 그릇 닦는 기계란 뜻이지요."

"그럼, 저는 식기세척기예요."

"네? 유대봉 씨가 식기세척기라고요?"

한국어를 배우는 영어권 학습자들에게 가장 어려운 부분 중의 하나가 조사이기에 이번에도 유대봉 씨가 조사를 잘못 사용한 줄 알았다. 그리고 영어의 be동사에 해당하는 '이에요'와 '있어요'를 많이 혼동하기 때문에, '있어요'를 '이에요'로 잘못 사용한 것으로 오해했다.

"'저희 집에는 식기세척기가 있어요' 이렇게 말해야지요."

"아니요. 저는 식기세척기예요. 제가 설거지하거든요."

그때서야 유대봉 씨가 왜 자신을 '식기세척기'라고 했는지 이해할 수 있었다. 하긴, 부인을 위해서 하루에 세 번씩 커피를 타다 주는 남편이 식사 후에 설거지하는 것 정도가 뭐가 어려울까?

　이렇게 전자제품들의 이름을 공부하는데, 몇몇 제품들을 제외하고는 대부분이 외래어로 되어 있어서 조금은 안타까웠다. 심지어, 워낙 외래어로 된 이름들이 많다 보니, 학생들이 한국 이름으로 되어 있는 전자제품들도 생각이 안 날 때는 영어식 발음으로 해서 냉장고를 '리프리지레이터'라고 하고, 세탁기를 '워셔'라고 하는 해프닝이 벌어지기도 했다.

　'선풍기, 전화기, 세탁기, 식기세척기, 청소기, 다리미' 등을 제외하고는 대부분의 전자제품이 국적도 알 수 없거나 혹은 일본의 영향으로 영어의 첫 부분만을 따서 사용하는 경우가 많음을 알 수 있었다.

　순수한 우리 단어의 경우에는 소리글자의 특성상, 합성어를 만들 때 음절이 너무 길어지기 때문에 뜻글자인 한자를 빌어서 축약시키는 것은 이해할 수 있다. 그런데, 영어의 경우에는 그것을 소리나는 대로 쓸 경우 순수 한국어보다도 음절수가 길어지는 경우가 더 많은데 굳이 왜 외래어 혹은 외국어를 그대로 사용하는지 이해할 수가 없다.

요즘 유행하는 '네비게이션' 또는 '네비게이터'의 경우, 영어를 모르는 어르신들은 무슨 말인지 알 수가 없고, 그것이 뭘 하는 물건인지 전혀 예측할 수가 없다.

그 음절 수 역시 다섯 글자나 되어서 언어경제법칙에 어긋난다. 이런 경우, '길 도우미'라든지 '길 안내기'라든지 그렇게 그것이 뭘 하는 물건인지 알 수 있도록 한국어로 새로운 이름을 붙여 주는 것은 어떨까 하는 생각을 해 본다. 그렇게 되면 음절 수도 하나 줄고, 어르신들도 쉽게 그것이 뭘 하는 도구인지 예측할 수 있을 것이다.

재미한인 2세들 사이에는 자신들만의 독특한 언어가 존재한다. 바로, 영어 문장에 한국 단어 섞어 쓰기이다. 예를 들면 "디 듀 씨 선생님 앳 더 학교?Did you see 선생님 at the 학교?"와 같은 것인데, 요즘 한국 텔레비전 프로그램을 보면 반대로 한국 문장에 영어 단어 섞어 쓰기가 보편화되어 있는 듯 보인다. 20~30년 전만 해도, 말을 할 때나 글을 쓸 때, 한자를 많이 섞어 쓰는 사람들이 유식한 사람처럼 보였고, 그래서 내가 국문학과 재학 시절에 접한 대부분의 교과서들은 조사만 빼고는 거의 한자로 되어 있었던 것이 기억난다. 그런데, 요즘은 영어를 많이 섞어 쓰는 것이 유식한 사람처럼 보이는 것으로 생각되는지 다른 사람 앞에서 이야기를 할 때, 영어 단어들을 한국 문장에 많이 섞어 쓰는 안타까운 행태를 보게 된다.

전에는 대부분 명사를 영어로 쓰고 동사나 형용사 등은 한국어로 쓰는 경향이 많았는데, 요즘은 동사 '하다'를 영어에 붙여서 말도 안되는 신조어들을 만들어내고 있는 것을 볼 때, 참으로 안타깝기 그지없다.

'회의하다' 보다는 '미팅하다', '공부하다' 보다는 '스터디하다' 등으로 점점 한국어와 영어의 조합이 날로 늘어가는 것을 느낄 수 있었다.

영어를 한국 문장에 섞어서 쓰면 그 사람은 영어 실력이 있는 것일까?

한국 단어를 영어 문장에 섞어서 쓰면 그 사람은 한국어 실력이 있는 것일까? 대답은 '절대 아니다'이다. 오히려 그렇게 언어를 섞어서 쓰다 보면, 두 언어 다 제대로 하지 못 하고 혼동을 가져올 수 있다는 사실을 결코 간과해서는 안 될 것이다. 이것은 엄연히 이중언어 능력과는 전혀 다른 것이다. 이중 언어 능력이란 두 언어를 각각의 모국어 화자를 만났을 때 각각의 언어로 의사소통이 가능한 능력을 말하는 것이다. 영어 단어 몇 개 외워서 그것을 한국어 문장에 섞어 쓰는 것은 결코 영어 실력이 아님을 다시 한 번 강조하고 싶다.

그렇게 될 때, 유대봉 씨는 자신을 '디쉬워셔'가 아닌 '식기세척기'로 소개할 수 있을 것이다.

세계가 인정한 직지와 한글,
우리도 사랑하자

외국인들에게 '한국' 하면 떠오르는 것이 무엇이냐고 묻는다면 '부지런한 사람들'이라거나 '정이 많은 사람들' 등의 긍정적인 답변을 하는 사람들도 있겠지만 '한국 전쟁'이나 '입양' 등의 부정적인 이미지를 떠올리는 사람들도 많이 있을 것이다.

미국인들과 이야기를 하다 보면 '한국'이라는 이름을 들었을 때 반가워하는 사람들은 대부분 한국전쟁에 참가했던 유엔군이었다거나 친척 중에 한국 아이를 입양한 적이 있다는 이야기를 하곤 한다. 다행히 요즘에는 한류의 영향으로 좋아하는 한국 드라마나 영화 제목을 떠올리는 사람들도 있을 것이고, 한국 연예인의 이름을 대는 사람들도 있을 것이다.

내가 운영하고 있는 학교는 한국어와 한국문화를 배우고자 하는 외국인들에게 한국어를 가르치고 있는데, 본교의 학생들에게 똑같은 질문을 한다면 대부분의 학생들이 '한글'과 '직지'를 떠올릴 것이다. 한국어를 전혀 배운 적 없는 학생들은 처음 본교를 찾은 뒤 한국어 기초 1반 첫 시간에 '한글'에 관한 영상을 보고, 두 번째 시간에는 '직지'에 관한 영상을 본다. 이 둘의 공통점은 바로 유네스코에 등재되어 있고, 각각의 이름으로 유네스코에서 '세종대왕상', '직지상'을 수여한다는 점이다.

'한글'에 관한 영상을 본 학생들은 대부분 그 독창성과 과학성, 논리성에 놀람을 금치 못한다. 특히 그 영상을 보고 적어온 감상문에서는 한글 자모의 창제 원리가 얼마나 과학적인가에 대해서 이야기를 하곤 한다.

'ㄱ'의 음가를 발음할 때의 구강 구조를 본떠 'ㄱ'이라는 글자를 만들어냈고 'ㄴ'의 음가를 발음할 때의 혀의 모양을 본떠 'ㄴ'의 모양을 생각해낸 것은 21세기를 살아가는 우리로서도 감히 따라가기 힘든 발상이다. 또한, 기본 글자에 획을 하나 더 하여 격음을 만들어내고 복모음을 만들어내는 원리로 인해 학생들은 쉽게 한글 자모를 익히는 모습을 확인할 수 있다.

두 번째 주에 보는 '직지' 영상은 다시 한 번 외국 학생들로 하여금 한국문화의 우수성에 탄복하게 한다. 현존하는 세계에서 가장 오래된 금속활자본 '직지'가 한국에 있지 않고 프랑스 파리 국립도서관에 보관되어 있으며 맘대로 볼 수도 없다는 내용을 접한 후에는 '왜 한국 정부에서는 가만히 있느냐?', '직지는 한국 것인데 당연히 한국으로 돌아와야 한다'면서 흥분하기도 한다.

이 두 보물의 또 다른 공통점은 안타깝게도 한국의 가장 훌륭한 문화 유산임에도 불구하고 한국 사람들에게는 별로 사랑 받지 못 하고 있다는 점이다.

한글을 가르치다 보면 외국 학생들은 'ㅔ,ㅐ'의 차이, '왜, 웨, 외'의 차이 등을 구분하려고 노력하는데 반해 한국에 사는 학생들은 점점 복모음을 제대로 발음하지 않고 단순화하여 단모음처럼 발음하는 경향이 있다고 한다.

'ㅟ'라고 해야 하는데 'ㅣ'라고 하고 '쥐'를 '지'로 발음하곤 하고 'ㅔ'와 'ㅐ'의 차이 조차 구분하지 못 하면서 오히려 그 차이를 묻는 외국 학생들에게 두 개의 발음은 다르지 않다고 말한다고 한다.

'직지'가 발견되기 전 세계에서 가장 오래된 금속활자본으로 여겨졌던 쿠텐베르크의 성서의 의미를 중세 유럽에서 근대 유럽으로 옮겨가게 한 점에서 찾는 것을 볼 수 있다. '직지' 또한 한글이 빠른 시간 안에 퍼져 나갈 수 있도록 하였던 매개체의 역할을 했음이 분명하다. 당시 책을 보지 않았던 상민들이나 여인네 등에게도 한글이 쉽게 전파될 수 있었던 것은 금속활자의 발명으로 인하여 쉽게 책을 인쇄할 수 있었기 때문이다.

이렇게 훌륭한 한글과 더불어 금속활자의 발명은 우리 나라의 문화적 우수성뿐만 아니라 세계의 문화 발전에 이바지한 한글과 직지에 대하여 좀 더 관심을 갖고 가꾸어 나가야 할 것이다.

10월 9일 한글날과 더불어 9월 4일 직지의 날 또한 우리의 후손들이 자랑스럽게 기억할 수 있는 날들이 되길 바란다.

사진 찍을 때는
우리 모두 '직지~'

"이번에는 하나 둘 셋 하면 다같이 '직지'라고 하기로 해요!"

"김치가 아니고 직지예요?"

"네, 우리 학교에서는 사진 찍을 때는 언제나 '직지'라고 해요."

본교의 매학기 종업식이나 한국 문화 행사에서 마지막 단체 사진을 찍을 때는 항상 한국 청년들이 그러는 것처럼 '브이'자를 그리며 '직지'라고 말하는 포즈를 취하곤 한다. 보통 미국 사람들은 '치즈'라고 하고 한국 사람들은 '김치'라고 하지만 본교 학생들이나 한국 문화 행사 참가자들은 단체 사진을 찍을 때는 '직지~'라고 하며 사진을 찍는다.

이렇게 본교 학생들이 '직지'에 대해서 잘 알게 된 데에는 그럴

만한 이유가 있다. 필자가 미국 내 직지 홍보를 위하여 2006년 직지홍보대사로 임명받은 후부터 본교 기초 1반 두 번째 수업에는 현존하는 세계 최고最古의 금속활자본인 직지 홍보 동영상을 보여주고, 청주시에서 기증받은 직지 홍보 책갈피를 나눠주고 기념사진을 찍는 전통이 있다. 미국인 학생들이 '왜 한국 문화유산을 프랑스 국립도서관에서 보관하고 있느냐', '한국 정부에서는 왜 반환을 요구하지 않느냐?' 등의 질문을 해올 때면 본국에서도 직지에 관한 관심이 많지 않은 것에 비하면 고마운 마음이 들기도 한다.

직지 홍보 활동은 수업 시간 외에도 미국 정규학교 한국어 반 개설을 위해서 교육국 관계자들을 만날 때에도 이루어진다. 직지 기념우표를 전달하고 직지의 의의에 대해서 설명하며 미국 교과서에서 세계에서 가장 오래된 금속활자본이라고 배우는 쿠텐베르크의 성서보다 78년이나 앞선 것이 한국의 직지라고 소개하곤 한다.

특히 본 재단에 청주시에서 기증해 준 직지 복원 판이 있어서 좀 더 효과적으로 직지 홍보를 할 수 있다. 한국 문화 행사에서

'직지 부스'를 마련하고 직지의 마지막 페이지를 직접 전통적인 방식으로 제작한 복원 판에 먹물을 바르고 한지에 찍어낸 후에 '직지'라는 한국어 글씨를 쓰고 자기 이름을 써서 기념촬영을 하고는 '직지'라고 말하면서 기념촬영을 하게 한다.

그러한 직지 홍보에 관한 노력의 하나로 필자가 거주하고 있는 도시의 시립 도서관에 '직지 영인본'을 영구 전시하게 되는 쾌거를 이룰 수 있었다. 매년 한글 창제 기념식을 개최하고 한국 문화 수업도 개설하게 해 준 시립도서관장과의 친분을 이용해 직지 영인본을 도서관 내에 영구 전시할 수 있게 한 것이다. 사실 직지 영인본을 도서관에 기증하려고 했을 때는 도서관 측에서 그렇게 특별히 전시할 수 있는 함과 자리를 마련해 줄줄은 몰랐는데 특별한 함을 주문해서 영구 전시될 수 있도록 해 준 것이다.

직지 영인본이 미국 시립도서관에 상설 전시된다는 것은 의미 있는 일이며 이를 통하여 직지의 가치를 알릴 수 있을 것으로 기대한다. 앞으로 다른 시립 도서관에도 직지 영인본을 기증하여 전시되도록 할 것이고 미국 교과서에 '직지'가 현존하는 세계에서 가장 오래된 금속활자본으로 기록될 수 있도록 직지홍보위원들과 함께 힘을 다할 것이다.

한국어 반
개설 프로젝트

"한글은 과학적이고 창의적이라서 몇 시간 안에 글을 읽고 쓸 수 있습니다."

"한국은 미국의 여섯 번째 무역 파트너입니다."

"한국 학생들뿐 아니라 외국 학생들도 한국어 수업을 듣고 싶어 합니다."

한국어 강좌를 미국 고등학교에 정규 수업으로 채택할 것을 요구하는 제안서를 제출한 후에 교육국의 요청으로 '커리큘럼 정책 위원회'에서 '한국어 반 개설의 당위성과 계획'에 대해서 발표하는 시간을 가졌다. 본국 교육부에서 파견한 총영사관의 교육원장님과 한국 학생들이 적어서 이 프로젝트를 위해서 급조한 한국 학부모회 회원들과 함께 발표에 참여했다.

작년 혹시나 하고 그 학교 교장선생님에게 한국어 반 개설 의향을 묻는 이메일을 보낸 것부터 일이 시작됐다. 그 이후로 이렇다 저렇다 답장이 없어서 포기하고 있던 차에 한국어교육재단에서 주최한 '한글 창제 기념식'에서 그 학교 한인 학부모를 만나게 되었다. 그 학교에는 한국 학생은 적지만 한인학생회는 물론이고 케이팝을 좋아해서 케이팝 댄스를 추는 동아리도 있다는 이야기를 듣게 되었고 교장선생님이 한인학생회 임원들에게 수요 조사를 해보라고 지시했다는 이야기를 들을 수 있었다. 그 즉시 한인학생회에 연락을 해서 그 다음 주에 모임에 참석하여 한국어 반 개설에 대한 홍보 활동을 벌일 수 있었다. 모임에서의 홍보 후에 바로 온라인을 통하여 한국어 반 개설에 관한 설문조사를 실시하여 학생들의 열광적인 호응을 찾아낼 수 있었다.

그러한 설문조사를 토대로 한인학부모님의 도움을 받아 교장선생님과의 회의 날짜를 잡을 수 있었고 그 회의에서 교장선생님의 긍정적인 반응을 이끌어 낼 수 있었다. 그 후에도 여러 차례의 회의와 이메일 교환을 통하여 교육국에 정식으로 한국어 반 개설을 요청하는 제안서를 제출하여 드디어 교육국의 커리큘럼 정책 위원회에 초청받아 발표를 할 수 있게 된 것이다.

미국 정규 학교에 한국어 반 개설을 위한 프로젝트에 참가하게 된 것은 로스엔젤레스 지역에 있는 비영리단체에서 교육전문위원으로 일하면서 시작되었다. 각 학교를 찾아다니면서 학부모 세미나를 하고 교육국 관계자들을 만나고 그렇게 교육국으로부터 한국어 반 개설을 허락받으면 다시 학교로 가서 학생들을 설득해서 한국어 반에 등록하도록 설득하고 주정부 한국어 교사 자격증 소지자들을 찾아서 교육국에 소개하고 잘 적응할 수 있도록 교사 훈련까지 해야 하는 것이 바로 이 프로젝트다.

사실 정말 많은 시간과 노력이 필요한 프로젝트지만 그 어떤 일에서도 느낄 수 없는 큰 보람을 느낄 수 있기에 계속해서 이 프로젝트를 진행하게 되는 것 같다.

발표를 마치고 질의 응답 시간에 그 학교의 교장선생님이 나오셔서 직접 가능성과 당위성에 대한지지 발언을 해 주셨고, 그 학교 중국어 선생님도 갑자기 손을 드셔서 순간 경쟁 과목 선생님이라 걱정을 했지만 오히려 자신의 학생들에게도 한국어 수업을 들으라고 했다고 하면서 큰 힘을 주었다.

회의를 마치고 나오는데 이런 프로젝트를 진행해 줘서 고맙고 한국어 반이 개설될 수 있도록 자신은 꼭 투표하겠다고 하는 위원들의 소감과 위원회의 통과를 확신한다는 교장선생님의 이메일을 보면서 다음 달에 있을 위원회의 투표 결과에 기대를 걸어 본다.

돈도 명예도 안 생기는 일이지만 이 프로젝트를 계속할 수밖에 없는 까닭은 바로 백성들이 쉽게 한국어를 익혀 널리 사용하기를 원하셨던 세종대왕의 뜻을 받들어 한국어의 세계화에 조금이나마 이바지하고 싶은 마음이 크기 때문이다.

한국어와 한글,
이제 우리만의 것은 아니다

　많은 사람들의 노력으로 본국에서 한글날이 공휴일로 다시 지정되었다는 기쁜 소식을 접하면서 이번 567돌 한글날은 더욱 뜻깊게 지낼 수 있게 되었다. 미국 시청 로비에서 미국 시장과 공동 주최로 567돌 한글날 기념식 및 축하 행사를 할 수 있게 되었고 미국 시장이 '코리언 알파벳 데이'로 선포하게 되었다.

　이렇게 미국 사람들이 미국 시청 로비에서 한글날을 축하하는 행사를 하는 반면에 오히려 본국이나 미국에 사는 한인들은 한글날에 대해서 별다른 관심을 보이지 않는 것 같아 안타까운 마음이 들었다. 본국 설문조사에 따르면 한글날이 국경일이자 공휴일이라는 사실을 모르는 국민이 31.5%에 달한다고 하니 이는 그만큼 한글날에 대한 무관심을 증명하는 결과라 할 것이다.

한글이 없었더라면 외국인들이 이렇게 쉽게 한국어를 배울 수 없었을 것이다. 한글은 어려운 한자를 배울 시간도 경제적 능력도 없어서 문맹으로 살아가던 자신의 백성들을 불쌍히 여겨 만드신 글자이니만큼 누구라도 쉽게 배워 쉽게 사용할 수 있는 글자이다.

UCLA의 제렛 다이몬 물리학 교수가 말했듯이 '한글은 세계에서 가장 훌륭한 글자'임에 틀림없다. 그래서 그 우수성을 인정받아 유네스코에 문화유산으로 지정되어 있고 문맹퇴치에 기여한 사람들에게 '세종대왕상'을 유네스코에서 수여하고 있는 것이다.

이렇게 세종대왕께서 훌륭한 한글을 만들어주셨는데도 불구하고 그 후손들인 우리들은 한글을 경시하고 지켜가려는 노력을 하지 않고 있다.

한글의 또 다른 우수성은 한 글자에 한 소리가 결합되어 정확한 발음과 몇 가지 규칙만 알면 맞춤법을 따로 공부하지 않고서도 글자로 표현할 수 있다는 점에 있다. 그런데 정확한 발음을 하려는 노력을 하지 않아 'ㅐ'와 'ㅔ'의 발음 차이를 두지 않다 보니 'ㅐ'와 'ㅔ'의 차이는 물론 어렵게 되고 한국어 교사들 조차 'ㅙ, ㅞ, ㅚ'는 비슷한 발음이라 외국인들에게 따로 가르칠 필요가 없다는 식의 논리를 펴고 있다. 세종대왕께서 들으시면 참으로 통탄할 일이다. 모국어화자들은 발음을 정확하게 하지 않더라도 문맥상으로 알아들을 수 있을지 몰라도 한국어를 배우는 외국인들은 정확한 발음을 들어야 뜻을 이해할 수 있음을 생각해야 할 것이다. 또한, 글자는 사용하지 않으면 사라질 수 있음을 이미 사라진 4개의 한글 자모를 통해서 배운 바 있다.

2016년 미국 통계국 보고에 의하면 한국어는 미국 내에서 가장 많이 사용하는 여덟 번째 외국어라고 한다. 이는 30년 전보다 2배 이상 증가한 수치로 현재 미국 내에서 한국어 사용자가 110만에 달한다고 한다. 그만큼 이제 한국어는 미국 내에서도 무시할 수 없는 외국어로 자리잡아가고 있다.

110만에 달하는 한국어 사용자들의 외국인 배우자, 회사 동료,

학교 친구 등 미래 한국어 학습 후보자들을 생각하면 결코 적은 숫자가 아닐 것이다. 여기에 케이팝 팬들까지 더하면 미국 내에서의 한국어 교육 발전 가능성은 무궁무진하다고 할 것이다. 또한 2017년부터는 한국어가 AP 한국어로 가기 위한 단계로서 사용 가능한 뉴얼(NEWL) 시험에 채택이 되어서 많은 학생들이 도움을 받을 수 있게 되었다는 기쁜 소식도 있다.

세종대왕께서 한글 창제 시 말씀하셨던 "누구나 쉽게 배워 널리 사용하라"라는 말이 무색하지 않게 우리가 먼저 한글 하나하나를 정확히 발음하고 쓰려는 노력을 게을리해서는 안 될 것이다. 더 나아가 한글의 세계화와 더불어 세종대왕과 한글의 우수성을 세계에 알리는 일에 힘써야 할 것이다.

66

어느날 아침에 깨어났을 때
꼭 하고 싶었던 일을 할 수 있는 시간이
없다는 것을 깨달을 것이다.
그러니 지금 시작하라!

99

_ 파울로 코엘료